PERDIDA EN SUS BRAZOS
SUSAN STEPHENS

Editado por Harlequin Ibérica.
Una división de HarperCollins Ibérica, S.A.
Núñez de Balboa, 56
28001 Madrid

© 2008 Susan Stephens
© 2017 Harlequin Ibérica, una división de HarperCollins Ibérica, S.A.
Perdida en sus brazos, n.º 2523 - 8.2.17
Título original: Laying Down the Law
Publicada originalmente por Mills & Boon®, Ltd., Londres.
Este título fue publicado originalmente en español en 2008

I.S.B.N.: 978-84-687-9130-2
Depósito legal: M-41057-2016
Impresión en CPI (Barcelona)
Fecha impresion para Argentina: 7.8.17
Distribuidor exclusivo para España: LOGISTA
Distribuidores para México: CODIPLYRSA y Despacho Flores
Distribuidores para Argentina: Interior, DGP, S.A. Alvarado 2118.
Cap. Fed./Buenos Aires y Gran Buenos Aires, VACCARO HNOS.

Prólogo

LAS FIESTAS lo aburrían. Y las fiestas de trabajo lo aburrían más que nada en el mundo, pero Lorenzo había estado demasiado ocupado desde que llegó a Londres como director de un programa de intercambio entre jóvenes y prometedores abogados entre Reino Unido y Estados Unidos y aquella era una oportunidad para mostrar su cara y comprobar «el material».

La fiesta era para honrar a un juez que pronto ocuparía un puesto en la Cámara de los Lores y los invitados eran la aristocracia del mundo legal londinense... y un montón de abogados jóvenes, todos esperando hacerse notar.

Lorenzo miró hacia una tarima desde la cual una joven intentaba hacer la presentación. «Intentaba», porque parecía haber olvidado el nombre. Y el invitado de honor, el juez Deadfast, no parecía divertido en absoluto.

Lorenzo contuvo el aliento mientras la joven lo intentaba de nuevo.

–Señoras y señores, tengo el honor de presentarles al juez... al juez Dredd...

«¿El juez Dredd?».

Era hora de echar una mano.

El anciano que había al lado de Carly, con unas cejas que necesitaban urgentemente un cortacésped, empezó a moverse, incómodo, mientras ella lo intentaba de nuevo.

–Y es un gran placer para mí presentarles al juez...

Nada. ¿Por qué se le quedaba la mente en blanco? ¿Sería porque el hombre más guapo que había visto en toda su vida acababa de entrar en la sala? Alto, soberbio, de penetrantes ojos oscuros que parecían verlo todo... incluida su confusión mental. Bronceado, de aspecto atlético y con el pelo de color castaño oscuro, era el paradigma del amante latino. Mientras ella era el paradigma de la chica gorda intentando presentar a un juez que debería estar en el geriátrico.

Respirando profundamente, Carly lo intentó de nuevo:

–Señoras y señores...

Memoria, cero. Humillación, toda.

Ella no era una maestra de ceremonias, pero si esperaba convertirse en una abogada de éxito tendría que librarse del miedo escénico. Aunque era demasiado tarde. Había llegado la caballería en forma de hombre de aspecto mediterráneo con testosterona para dar y tomar.

La gente se apartaba mientras Lorenzo se acercaba a la tarima.

—Señoras y señores —dijo, tomando el micrófono con toda confianza—. Mis disculpas por llegar tarde —por supuesto no llegaba tarde, pero eso era algo que la gente no sabía—. Señoría, es un honor —siguió, mirando al juez, que había dejado de parecer a punto de sufrir una apoplejía para recuperar su espectral palidez.

Lorenzo siguió adelante con su presentación. Cortejar a los jueces era su trabajo; cortejar a las mujeres, su pasión. Su madre, italiana, le había enseñado que hacer felices a las mujeres era algo fundamental en la vida. Y Lorenzo había descubierto que tenía razón. De modo que debía echar un cable a la chica de frágil memoria...

—Señoras y señores, por favor, un aplauso para mi joven colega —dijo cuando terminó, pasándole un brazo por los hombros—. ¿Quién podría haber confundido el nombre de nuestro ilustre invitado, el juez Deadfast, de Dearing, con el de ese legendario personaje de cómic, el juez Dredd? No olvidemos que el juez Dredd tenía poder para detener, condenar e incluso hacer ejecutar a los delincuentes de inmediato. Así que sugiero prudencia esta noche... —cuando el juez Deadfast soltó una carcajada, Lorenzo se relajó. Misión cumplida–. Espero que todos disfruten de la fiesta.

Luego se volvió hacia la joven, pero esta había desaparecido. Lorenzo apretó los labios al verla en la barra.

Carly se tomó de un trago una copa de vino, pero ni eso la ayudó. Su carrera estaba destrozada. A ella no se le daban bien las fiestas y mucho menos hablar en público. Quizá era por eso por lo que sus compañeros habían insistido en que fuera ella quien hiciese las presentaciones...

Cuando tomó la botella de vino para servirse otra copa, Lorenzo decidió entrar en acción. Al ver que se acercaba, ella prácticamente echó a correr, pero Lorenzo tuvo tiempo de fijarse en su voluptuosa figura y en su larga melena pelirroja. Esos eran puntos a su favor. En su contra, que tenía el sentido de la moda de una... de una mujer inglesa.

–Le agradezco mucho lo que ha hecho –empezó a decir ella cuando la tomó del brazo–. No sé qué me ha pasado... y no sé por qué me ha rescatado usted.

«Por caballerosidad» le habría sonado muy anticuado, pensó Lorenzo.

–No tiene importancia –contestó, llevándola de vuelta a la barra–. Beba un poco de agua. Enseguida se sentirá mejor.

–Gracias –murmuró la joven, cortada.

Resultaba contradictoria. Parecía tímida, pero sus ojos verdes echaban chispas; lo cual hablaba de una personalidad ardiente bajo aquella ropa menos que favorecedora. Y ahora, tan cerca, podía ver que tenía una piel de porcelana. Podría ser considerada inapropiada o, al menos, poco elegante, en comparación con otras mujeres que había en la reunión, pero había logrado captar la atención de Lorenzo que, tomando la botella de vino que ella *creía* haber escondido tras el bol de ponche, la dejó en la hielera, donde debía estar.

–Yo creo que ya ha bebido suficiente. No está bien embotar los sentidos...

Su voz, tan profunda, tan masculina, con un ligero acento, hacía que le temblasen las rodillas. Era tan guapo... Carly no sabía qué hacer con un hombre con el cuerpo de un boxeador, pero vestido en Savile Row. Aunque eso daba igual. Con su formidable presencia y su tono autoritario podría conquistar a cualquier mujer, de modo que en unos segundos le regalaría una de esas sonrisas matadoras y desaparecería.

¿Cómo lo sabía? Porque se había vestido para no llamar la atención, mientras las demás mujeres lo habían hecho para impresionar. Sí, lo mejor sería decirle adiós antes de que lo hiciera él.

Desgraciadamente, sus pies parecían negarse a

obedecerla. Entonces se fijó en los pies del extraño: enormes. Y no quiso pensar, aunque lo pensó, en la supuesta relación con otros puntos de su anatomía.

Cuando él se apartó un poco la chaqueta para meter la mano en el bolsillo, el bajo del pantalón dejó ver unos calcetines... ¡de colores! ¿Un hombre con un traje de tres piezas llevando calcetines de colores?

—¿Ya se encuentra mejor?

Parecía estar esperando que dijera algo, pero la rapidez mental, su único atributo, parecía haberla abandonado. Carly solo podía pensar: «tú no sueles mirar unos dientes y desear que te muerdan». Pero los dientes de aquel hombre eran muy blancos, perfectos... y algo en su expresión prometía un mordisquito muy agradable. Tenía los labios más sensuales del mundo y sus ojos... eran estanques de pensamientos perversos y humor sarcástico; perfecto.

¿Pero quién era aquel extraño? Ella era una joven abogada, una chica de pueblo con pecas en la nariz y una gran vida interior. Y el hombre que le sacaba dos cabezas parecía una estrella de Hollywood.

—¿Es usted italiano? —fue lo único que se le ocurrió decir.

—Italoamericano —contestó él—. Y me parece que me gustan las fiestas tan poco como a usted. ¿Tengo razón?

No esperó respuesta. Tomándola del brazo, la

guió a través de la sala. Mientras salían, a Carly se le ocurrió pensar que, como era nuevo en la ciudad, seguramente querría que le indicara dónde había una parada de taxis. Pero no salieron a la calle, no. La llevó hacia las oficinas...

—Creo que están usando esta como ropero.

Carly lo miró, sin entender.

—Habrá traído usted un abrigo, supongo. Hoy hace mucho frío.

¿Solo quería ayudarla a ponerse el abrigo?

—Pero yo no he dicho que quisiera marcharme...

—¿No quiere irse?

Sí, claro que sí, pero... ¿era una invitación para irse con él? A Carly se le aceleró el corazón, aunque lo dudaba.

—¿Quiere que le pida un taxi?

—No, mi apartamento está cerca de aquí.

—¿Está segura?

Él inclinó la cabeza para mirarla como el entrenador miraría a su boxeador después de que hubiera quedado noqueado.

—Absolutamente segura —contestó Carly, incómoda con el escrutinio del hombre—. ¿Por qué lo dice?

—Por nada. Es que me parece que ha bebido usted un poco...

—¿Me está juzgando?

Él se limitó a levantar una ceja. En fin, no iba a haber nada con él, de modo que sería mejor ahorrarse la agonía.

–Bueno, si no le importa... –Carly miró la puerta.
–Por supuesto –contestó él, apartándose.

¿Quién era aquel hombre?, se preguntó de nuevo.
Lo único que sabía de él era que llevaba calcetines
de colores, pensó Carly, aplastando la nieve con sus
botas. Eran de color verde lima, con unos guantes
de boxeo rojos y el escudo de algún club al que debía de pertenecer... de modo que quizá era lo que
había pensado: un boxeador con mucho estilo.

Pero fuera lo que fuera, ella estaba demasiado
ocupada intentando triunfar en el mundo de la abogacía como para pensar en aquel hombre.

Su cuerpo no estaba de acuerdo, claro. Su cuerpo
quería cosas que el sentido común no le permitiría
nunca. Afortunadamente, la razón prevaleció. Si
sus intenciones hubieran sido poco honorables,
ella se habría echado atrás. Jamás se habría dejado llevar por el deseo.

Nunca.

¡Jamás!

Bueno, sí, en fin, podría haberlo hecho.

Afortunadamente, la oportunidad para poner a
prueba su resolución no iba a presentarse nunca.
Podría no ser el cerebro más brillante de Gran Bre-
taña, pero sí era suficientemente juiciosa como para
saber que el patito feo nunca se llevaba al príncipe.

Capítulo 1

EN EL aula no se oía ni un susurro. Hasta la mosca que estaba posada en el cristal de la ventana podría asegurar que el hombre que impartía la clase no podía ser más que italiano. Una cosa era segura: con su atractivo mediterráneo, su traje impecable y su mirada autoritaria, Lorenzo Domenico podría mantener a una audiencia hipnotizada. Las chicas habían entrado en estampida para asegurarse un sitio en el aula y aquella primera mañana había diez mujeres por cada hombre. Lorenzo Domenico podría ser nuevo en la ciudad, pero ya se había convertido en una leyenda.

Lorenzo paseaba mientras hablaba, deteniéndose ocasionalmente para lanzar una mirada impaciente sobre su encandilada audiencia. Quería comprobar si lo estaban escuchando. Él había estudiado mucho para llegar donde estaba y esperaba que sus alumnos pusieran toda su atención. Los ponía a prueba constantemente, a menudo de manera inesperada. En su opinión, cualquiera que poseyera una memoria fotográfica podría pasar un examen, pero ¿podrían entender las sutilezas de la ley y conseguir el mejor resultado para sus clientes? Él lo llamaba: pensamiento transversal. Algunos de sus alumnos decían que era poco razonable. Esos eran los que suspendían siempre.

Además de dirigir el programa de becas, había aceptado ser el tutor de un joven abogado. Hacer varias cosas a la vez era su especialidad, la intolerancia hacia aquellos que no eran capaces de estar a la altura, uno de sus defectos. Aunque su adorada madre no estaría de acuerdo porque, según ella, no tenía defecto alguno. Lorenzo sonrió. Su madre siempre tenía razón.

Luego miró sus papeles. Faltaba alguien en la clase. El instinto lo hizo mirar por la ventana...

–¿Me perdonan un momento? Eso no era una pregunta –dijo después. Cuando un murmullo de desilusión se extendió por el aula Lorenzo ya estaba en la puerta.

El estudiante que llegaba tarde acababa de estampar una bicicleta contra su inmaculado Alfa Romeo.

–¿Se puede saber qué hace? –exclamó.

–Es un arañazo muy pequeño –explicó ella, con sus ojos verdes llenos de sinceridad–. Ah... –entonces se puso pálida–. Hola.

Lorenzo se quedó inmóvil, atónito. Lo mirase

como lo mirase, el asunto acababa de ponerse muy feo.

Carly, pálida, hizo un análisis rápido de la situación: Carly Tate choca contra el coche de su tutor, Lorenzo Domenico, el primer día de clase.

No solo eso; acababa de recibir una carta en la que le informaban de que, además de ser su tutor, Lorenzo Domenico era el presidente del comité de la beca Unicorn, la beca que había prometido a sus padres que conseguiría.

Pero era evidente lo que él pensaba: «oh, no, ella otra vez no».

—Puede ver usted mismo lo pequeño que es —dijo, señalando el coche.

Pero ahora que lo miraba de cerca, el arañazo parecía haberse hecho más grande.

—¿Pequeño? —repitió él.

Era lógico que no lo hubiera reconocido por la noche. Desde que llegó a Inglaterra, Lorenzo Domenico no había parado el tiempo suficiente para hacer sombra. Ganar un caso que todos consideraban perdido en su primer mes de estancia en Londres lo había convertido en alguien tan solicitado que había un año de espera para solicitar sus servicios.

Lorenzo Domenico no volvería a casa en mucho tiempo, o nunca si había que creer los rumores, de modo que había llegado el momento de congraciarse con él.

—Lamento mucho lo de su coche...

—Lo lamentará, se lo aseguro —la interrumpió él.

Ah, genial. Una manera perfecta de empezar la tutoría. Sus compañeros tenían algún tutor anciano y amigable y a ella tenía que tocarle Torquemada, el Gran Inquisidor. Y, por desgracia, llevaba unos calcetines de cuadros escoceses, como sugiriendo que estaba dispuesto a ponerse a bailar sobre la tumba de sus ambiciones. Pero ella no pensaba rendirse sin luchar.

—Estoy segura de que lo del arañazo se puede solucionar...

—No intente practicar sus habilidades legales conmigo, señorita Tate. Mire mi coche...

—Es muy bonito.

—Me refiero al arañazo que acaba usted de hacerle, señorita Tate. Si lo examina con detenimiento verá que esto no se puede arreglar.

—Pero si casi no se ve...

Su determinación de luchar le agradó.

—¿Y un arañazo *pequeño* en un coche alquilado no será un problema para mí, señorita Tate?

La haría aprender, como a todos sus estudiantes. Tenían poco tiempo y debían aprender más que la letra de la ley; debían absorber una inconmensurable cantidad de sutilezas e interpretaciones. Si no eran capaces, lo mejor era descubrirlo lo antes posible.

—Vamos, vamos. ¿No es usted abogada?

–Soy abogada –replicó ella, mirándolo a los ojos.

Lorenzo disimuló una sonrisa. No quería que sus alumnos fracasaran, al contrario. Pero para eso tenía que ser duro.

–Puede que algún día sea una abogada, pero aún no lo es. Y si vuelve a llegar tarde a mi clase, no lo será nunca. Suspenderá el curso y perderá la oportunidad de ser considerada para la beca.

–Lo siento mucho...

–Eso ya lo ha dicho antes, señorita Tate.

–Lo siento *muchísimo*.

Carly lo miraba a los ojos de una manera tan directa que casi compensaba su metedura de pata. Y su rostro también era agradable a la vista, pensó Lorenzo. Aunque no era sofisticada precisamente, tenía un rostro fresco muy simpático. Después de las mujeres pintadas hasta las cejas que le habían presentado desde que llegó a Londres, resultaba un cambio agradable.

Y luego estaban sus alumnas... La mayoría le resultaban menos atractivas que los chicos. Algo que, como heterosexual que era, empezaba a preocuparlo.

Había leído el informe sobre Carly Tate como había leído el informe del resto de sus alumnos. En principio era la más brillante de todos, pero ¿podría ser una buena abogada? Eso era lo que debía averiguar. Pero si iba a trabajar con él tendría que hacer ciertos cambios. Por ejemplo, su ropa. Llevaba una chaqueta con las mangas un poco raídas, unos vaqueros viejos y en los pies algo que parecía hecho por ella misma con un poco de ante y un montón de lazos.

No hacía el menor esfuerzo por impresionar y eso era insultante. Parecía recién levantada de la cama y eso lo enfurecía. Las mujeres debían arreglarse y esperar que se fijara en ellas.

Sus ojos se oscurecieron mientras imaginaba a su mujer ideal caminando lenta y lánguidamente con los recuerdos de la noche anterior aún en la memoria, en los ojos y en los generosos labios...

¿Por qué estaba mirando sus labios? ¿Tendría una mancha o algo?

Inclinando un poco la cabeza, Carly se pasó una mano por la boca.

Ah, encantadora. Qué estilo, qué gracia tenían aquellas mujeres inglesas. Lorenzo miró la única cosa que podía distraer a un italiano de la familia, el fútbol, la moda o las mujeres: su coche.

—¿Qué piensa hacer con ese arañazo y mi solicitud de reparación?

Ella recitó de memoria los pasajes del código penal relacionados con el asunto.

—Veo que ha leído mis notas.

–Pues claro que sí.

–Muy bien, en ese caso, usted hará el informe para el seguro. Manténgame informado...

–Por supuesto.

A Lorenzo le agradó lo bien que respondía a sus instrucciones. Pero cuando se dio la vuelta, casi podría haber jurado que Carly daba un taconazo. Estuvo a punto de darse la vuelta para pedirle explicaciones, pero se conformó con la idea de que batallar con los estudiantes problemáticos era algo que se le daba particularmente bien. Le gustaba solucionar problemas, su carrera estaba construida sobre eso.

Pero cuando llegó a la entrada del edificio se dio la vuelta y Carly se puso colorada cuando la miró fijamente. Contento con el efecto, Lorenzo decidió entrar a matar:

–Como ya se ha perdido gran parte de la clase, quiero que vuelva a casa y se vista para ir al Juzgado.

–¿Al Juzgado?

No había un solo estudiante de Derecho que no quisiera dejar atrás el tedio de las clases para vivir un drama real en los Juzgados.

–Sí, eso he dicho. He dejado allí mi toga y mi peluca. Vaya a buscarlos.

Lo divirtió ver que los ojos verdes echaban chispas mientras su rostro permanecía impasible. Si tuviera voluntad para ello podría ser una gran abogada. Pero aún no había terminado con ella.

—No puede ir al Juzgado como representante mía vestida así.

—No se preocupe —replicó ella—. Me dejarán pasar.

—En caso de que no se haya dado cuenta, señorita Tate, ese traje está manchado de barro. Y ahora trabaja para mí, no lo olvide. Le prohíbo que vaya vestida así. ¿Qué pensaría la gente?

—¿Que no puedo pagar la tintorería?

Había tal expresión de inocencia en su rostro que Lorenzo decidió no decir nada. Todo el mundo sabía que los abogados recién graduados vivían del aire... y de la caridad de sus padres. Además, se había puesto colorada hasta la raíz del pelo y su intención no había sido humillarla. Mientras lo pensaba, Carly permanecía con la barbilla levantada, muy seria.

Lorenzo conocía bien a ese tipo de persona. Seguramente habría sido la más lista de su clase, la que sabía todas las respuestas, la que levantaba la mano antes que los demás, sin saber que eso la hacía impopular. Un contraste tremendo con su propia infancia, en la que con un simple eructo conseguía aplausos de admiración.

—No, señorita Tate, no pensarán eso. Pensarán que esta mañana se levantó tarde y no tuvo tiempo de mirarse al espejo. ¿Quiere dar una imagen de incompetencia? No lo creo.

Unas «imágenes» muy inconvenientes aparecieron entonces en la mente de Carly, que se veía a sí misma quitándose la ropa y pisoteándola delante de él. ¿Aquel hombre pensaba que los trajes de chaqueta crecían en los árboles?

Pero se olvidó de eso al pensar en sus padres. No podía defraudarlos.

Capítulo 2

Y SU SEGUNDA tarea para hoy, señorita Tate...

Estaban en el despacho de Lorenzo. Él sentado, ella de pie, como una niña recalcitrante. Pero Carly mantenía una expresión serena. No porque, de repente, se hubiera vuelto inmune a los encantos de Lorenzo, sino porque los pies la estaban matando. Había hecho un esfuerzo por adecuarse a la imagen que, suponía, Lorenzo Domenico esperaba de una solicitante de la beca Unicorn y, si para ello tenía que ponerse zapatos de tacón, lo haría.

–Usted es una de las principales candidatas para la beca. Lo sabe, ¿no?

«Di que sí y muéstrate asquerosamente complaciente o di que no y queda como una boba». Carly decidió poner cara de póquer.

–¿Sabe lo que se juega durante las próximas semanas?

Debería haber imaginado que Lorenzo no iba a rendirse hasta obligarla a dar una respuesta. Sus padres llevaban meses hablando de esa beca y, por lo visto, las señoras del club esperaban, impacientes, oír algo sobre sus progresos.

—Señorita Tate...

—¿Sí? —Carly contuvo el deseo de hacer un saludo militar.

—¿Tengo su total compromiso con este proyecto?

—Al cien por cien.

—Estupendo —Lorenzo se echó hacia atrás en la silla y Carly pudo ver sus calcetines de colores, por los que asomaba un trocito de las pantorrillas, bronceadas y deliciosamente peludas. Se puso colorada cuando él la pilló mirándolo—. ¿Ocurre algo?

—No, claro que no...

—Ya le dije que ese traje no me gustaba —dijo Lorenzo entonces, arrugando la nariz.

Carly llevaba la misma chaqueta, aunque ya no estaba manchada de barro porque le había pasado una esponja con agua y vinagre. Quería tener buena presencia en su primer encuentro cara a cara con su tutor. Aunque, claro, no era su primer encuentro.

—Siento mucho lo de su coche...

—Eso da igual —la interrumpió él, impaciente—. Espero que solucione eso en su tiempo libre. Ahora es mi tiempo y mientras esté usted bajo mi tutela espero que me demuestre que puede convertirse en una buena abogada.

—No le decepcionaré, se lo aseguro... —las mejillas de Carly volvieron a enrojecer cuando notó que él estaba mirando sus pechos. Llevaba la chaqueta abierta, revelando una camisa que había visto días mejores–. Estoy lista para empezar y le prometo buscar un traje más adecuado en cuanto pueda.

–Eso espero.

Carly no sabría decir si estaba enfadado mientras volvía a concentrarse en sus papeles, pero ahora era su turno de estudiarlo. Llevaba un elegante traje oscuro... debía de hacérselos a medida porque tenía los hombros anchísimos.

–¿No le he dicho que vaya a casa a cambiarse?

¿Cambiarse? ¿Para convertirse en quién, en Ally McBeal?

–Lo haría, pero...

–¿Pero qué? Déjese de excusas, señorita Tate. Si quiere aprobar tendrá que hacer lo que yo le diga cuando yo lo diga.

¿Se había alistado en el ejército?, se preguntó. Y luego: ¿qué tendría que hacer para suavizar la línea de esa firme boca?

–Si tiene dificultades para obedecer una simple orden, quizá deberíamos aclararlo ahora mismo, antes de seguir adelante. Si no está dispuesta a llegar hasta el final en todas las áreas de su vida profesional, creo que lo mejor sería tacharla de la lista.

Eso fue la gota que colmó el vaso.

–¿Me está amenazando? –le espetó ella, airada–. ¿Sabe que había dejado su coche en medio del carril para bicicletas? ¿Por qué no pensó en las consecuencias, señor Domenico? ¿O era más importante dejar su brillante Alfa Romeo donde pudiera verlo desde la ventana?

–¿Ha terminado? –le preguntó Lorenzo, con frialdad–. Pasión, señorita Tate. Me gusta eso en un abogado. Pero también me gustaría que considerase los peligros de esa pasión cuando esté delante de un juez.

Sus ojos eran como diamantes negros y la frialdad de su tono le recordó que Lorenzo Domenico no había llegado a ser lo que era basándose en las emociones.

–¿Sí o no, señorita Tate?

Su corazón latía a mil por hora, tenía los labios entreabiertos...

¡Estaba excitada!

No solo excitada, más que eso. Algo completamente nuevo para ella. Aquella inesperada confrontación estaba despertando partes de su cuerpo que habían permanecido dormidas durante años. ¡Y en aquel momento, uno de los más cruciales de su vida!

Tenía que calmarse, tenía que pensar...

–Estoy dispuesta –dijo por fin.

Si Lorenzo no tuviera una mirada tan directa, tan perceptiva... Pero tenía que hacerlo. No había salido de un pueblecito, donde sus padres eran pilares de la comunidad, para defraudarlos. Su objetivo era que se sintieran orgullosos de ella. Deseaba la beca Unicorn más que nada en el mundo. Bueno, a veces también deseaba un abrazo...

–¿Había mencionado una segunda tarea?

–Sí, quiero que organice la fiesta de Navidad.

¡El cáliz envenenado! A Carly se le encogió el estómago.

–Son unas fiestas que tienen lugar cada año, señorita Tate. No tiene por qué poner esa cara de susto. He sido informado de que la facultad hace una fiesta espectacular cada año y le ofrezco la oportunidad de organizar la mejor. Pensé que agradecería la oportunidad que le brindo...

–Sí, sí, por supuesto.

–Tiene usted cuatro días.

¿Cuatro días? Lo decía como si cuatro días fuera suficiente para conseguir lo imposible. Lorenzo había elegido la actividad para la que su rápido cerebro estaba menos equipado. Ella no era una organizadora de fiestas. Ella coleccionaba becas como otras personas coleccionaban sellos o trofeos de golf. Pero tenía razón al decir que aquella era una oportunidad para impresionar... aunque no fuese la que ella esperaba. Pero lo haría, se dijo Carly, porque la ambición había sido estampada en su frente desde el día que nació.

–Si no se cree capaz de hacerlo, puedo pedírselo a otro alumno –sugirió Lorenzo.

–No será necesario –le aseguró ella–. Puedo hacerlo.

Y si le pidiera que paseara por la calle Oxford con un cartel anunciando un servicio de ambulancias lo haría también. Tenía que ganarse el respeto de Lorenzo Domenico como fuera, de modo que organizaría la mejor fiesta de Navidad de la historia.

Como fuera.

—¿Está segura? —insistió él—. No puede hacerlo mal, señorita Tate.

—Completamente. No tiene nada de qué preocuparse.

O eso esperaba. Estaba convencida de que convertiría una tarea banal, para la que no se necesitaba un título de la Universidad de Cambridge, en el evento del año.

—Muy bien —murmuró Lorenzo—. Bueno, ¿a qué está esperando? Será mejor que empiece cuanto antes.

Era una prueba para Carly. Lorenzo quería saber hasta dónde llegaba, cuál era su nivel de compromiso. ¿Llamaría a un profesional para que se encargase de todo? Sabía que había ocurrido en el pasado. Pero normalmente el asunto terminaba en desastre, con el estudiante obligado a llamar a sus padres para pedirles fondos al saber que el presupuesto era mínimo.

Sí, aquella era una de sus pruebas favoritas.

En su diminuto despacho, que antes había sido un almacén, Carly revisó el asunto. Planificar una fiesta sofisticada era algo tan extraño para ella que sentía la tentación de soltar una carcajada histérica. Carly Tate, la chica que nunca iba a ninguna parte, organizando una fiesta para toda la universidad.

Livvie lo haría estupendamente. A Carly se le encogió el corazón al pensar en su hermana. Livvie tenía talento para hacer que la gente lo pasara bien en cualquier situación. Pero, lo quisiera o no, aquella era su fiesta. Solo era una montaña más que escalar y la escalaría.

Y, para hacerlo, antes tenía que volver a hablar con Lorenzo Domenico. Y a Lorenzo no le gustó nada la interrupción.

—Tengo que saber algo más antes de empezar a organizar la fiesta.

—¿Qué, por ejemplo?

—El presupuesto que tengo...

—¿El presupuesto? Mínimo, señorita Tate. No compre nada antes de que yo haya dado el visto bueno. ¿Está claro?

Como el cristal, pensó Carly. Aunque otra parte de su mente estaba percatándose de que el tono autoritario de su voz la excitaba de nuevo. Quizá porque podía imaginar múltiples posibilidades morbosas...

Lorenzo anotó algo en un papel antes de dárselo.

—Este es el límite...

Carly leyó la cifra y tuvo que tragar saliva. Su

beca dependía no de una botella de champán francés como había creído, sino de una pinta de cerveza y un par de sándwiches. Con el dinero que Lorenzo iba a darle no podría comprar nada más.

–Si la tarea es demasiado para usted...

–No, en absoluto –lo interrumpió ella.

–Entonces, si no le importa... –Lorenzo señaló sus papeles.

–Ah, sí, claro. Me pondré a trabajar de inmediato.

Cuando la puerta se cerró, Lorenzo se echó hacia atrás en la silla. Esperaba que Carly lo hiciera bien.

Cuando cerró los ojos, le pareció detectar un aroma a flores silvestres... pero si Carly Tate no encontraba una chaqueta que pudiera abrocharse del todo iba a tener dificultades para concentrarse.

¿Y si la tarea que le había encargado resultaba imposible para ella? Pero un abogado raramente encontraba algo normal o previsible durante un juicio. Quería saber cómo reaccionaba Carly enfrentándose a algo tan poco habitual como organizar una fiesta, cómo se manejaba cuando estaba acorralada...

Lorenzo sacudió la cabeza para apartar cierta imagen de su mente. Su responsabilidad era el desarrollo de Carly Tate como abogado. Sobre el papel era la primera candidata a la beca, pero ¿sería eso suficiente? No sabía hablar en público y eso ponía su futuro como abogada en peligro. ¿Y su memoria? ¿Habría olvidado lo que iba a pasar aquella noche? Desde luego, no lo había mencionado. Pero era una prueba fundamental. ¿Se le habría pasado? Y si fuera así, ¿qué podría haberla distraído de tal modo?

Lorenzo, Lorenzo, Lorenzo. ¿Por qué no podía quitárselo de la cabeza?, se preguntó Carly, pasándose una mano por el pelo. Tenía que concentrarse en la tarea que le había impuesto. Aunque cuatro días no era tiempo suficiente para organizar un cumpleaños y mucho menos una fiesta de Navidad.

Mordisqueando el lápiz, se estrujaba el cerebro para encontrar una idea brillante con la que deslumbrar a todos.

Pero no la encontraba.

Lo único que estaba claro era que Lorenzo nunca la miraría como a su cuerpo le gustaría que la mirase. ¿Por qué iba a mirarla el hombre más atractivo que había visto nunca? Un hombre de mundo, sofisticado... No, él nunca la miraría de ese modo.

Lorenzo se pasó una mano por la cara. Seguía preguntándose por el sorprendente lapso de memoria de Carly. Aquella noche tendría lugar lo que llamaban El Gran Jurado, una ceremonia legal notoria por ser el matadero de los estudiantes. Carly debería estar preparada. El Gran Jurado existía para quitarse de en medio a los alumnos más débiles. Sus pupilos solían pasar la prueba, pero en aquella ocasión se preguntó si habría una gran distancia entre sus expectativas y la actuación de Carly. Se negaba a creer que ella lo hubiera olvidado, como se negaba a darle una injusta ventaja frente a otros alumnos. No, estaría allí, se dijo. E iría preparada. Porque si no, la aplastaría como a un gusano.

De nuevo en su diminuta oficina, Carly se sentó con la cabeza entre las manos. Era imposible organizar una fiesta con el ridículo presupuesto que le había dado Lorenzo. El trabajo no sería suficiente en aquel caso. Necesitaba un milagro.

Un milagro...

Sus ojos se iluminaron entonces. ¿Cómo no lo había pensado antes? No tenía que competir con un evento lleno de glamour. Lo único que tenía que hacer era organizar una fiesta diferente, algo nuevo e inesperado...

Y rezar para no meter la pata.

Capítulo 3

CARLY siguió escribiendo furiosamente en su cuaderno. Las ideas aparecían en su cabeza a toda velocidad. Afortunadamente, porque tenía menos de una semana para encargarse de la comida, la bebida, la música, la decoración, el vestido...

¡El vestido!

Carly lanzó un grito de alarma. ¿Cómo podía haber olvidado el Gran Jurado? ¿Cómo podía haber olvidado una noche crucial para su carrera?

Lorenzo. Sí, era culpa suya.

Tapándose la cara con las manos, intentó borrar la imagen de su duro tutor examinándola de todas las maneras posibles...

Era incapaz de apartar esa imagen de su mente, pero el efecto Lorenzo tendría que ser preocupación para otro día. El Gran Jurado era tan importante para su futuro que no podía creer que lo hubiese olvidado.

A ella nunca se le olvidaba nada. Nunca.

Antes de la aparición de Lorenzo Domenico.

El Gran Jurado era un rito universitario para

los alumnos que aún no habían pasado el examen que los consagraba como letrados profesionales y, como tal, debería haber tenido precedencia sobre todo lo demás. Pero Carly no tenía nada que ponerse. Si hubiera sitio en su diminuta oficina se habría puesto a pasear. Todos los jefes de estudios, incluido Lorenzo, estarían allí. Y ella lo había olvidado...

¿Por qué no se lo había recordado su tutor?

Debía calmarse, se dijo. El Gran Jurado era una ceremonia anual que se celebraba para poner a prueba a los alumnos. Si alguien fracasaba se convertía en el hazmerreír de la universidad y si tenía éxito no debías esperar ni un mísero aplauso. Siguiendo siglos de tradición, los letrados más antiguos o de más prestigio debían interrumpir a sus alumnos mientras estos, en voz alta, intentaban explicar por qué se consideraban adecuados para recibir la beca que facilitaba la aprobación del examen. No había reglas y no había cuartel. El año anterior una de las alumnas, la hija de un juez, se puso tan enferma que tuvo que vomitar dentro del bolso.

Carly pensó... su nombre completo era Carly Viola, como la heroína de *Noche de Reyes*, de Shakespeare. ¡Y la obra había sido representada por primera vez en 1602, en la misma sala donde tendría lugar el Gran Jurado! Y ese era empujón suficiente, se dijo.

Lo único que tenía que hacer era decir su nombre y con qué créditos contaba para solicitar la beca. Pero la obligación de los letrados era interrumpir, poner trabas, hacer preguntas imposibles, patear, silbar... y, en resumen, destruir la vida de los alumnos por completo.

«Tranquila», se dijo a sí misma. Todo iría bien. Pero no podía dejar nada al azar. Lo cual la llevaba de nuevo al asunto del vestido.

Afortunadamente, tenía un arma secreta...

Madeline du Pre, la alumna más antigua de la facultad, era una conocida suya. Madeline era una reconocida experta en moda porque había estudiado en un colegio suizo. Los rumores decían que había tenido que repetir el último curso debido... bueno, nadie sabía bien por qué y Madeline no pensaba contarlo, pero su tutor, el juez Roger Warrington, nunca entraba en su oficina si no iba acompañado.

Carly llamó a su puerta y no tuvo que esperar mucho para escuchar el veredicto:

—¿Negro? ¿Estás loca? —exclamó Madeline.

—El negro es un color seguro —protestó ella—. Tú sabes tan bien como yo que puedes ir vestida de negro a cualquier parte.

—Salvo a una boda. Pero tú debes ir de naranja.

—¿De naranja? ¿Estás segura?

—Completamente. No se te ocurra ir de negro. Solo puedes ir de negro cuando hayas sido aceptada por el Gran Jurado. Provocarás un escándalo si vas vestida en contra de la tradición. Afortunadamente, yo puedo ayudarte. Hay una tienda de ropa de diseño de segunda mano muy cerca de aquí y esta mañana he visto un vestido que sería perfecto para ti.

–Pero yo no tengo dinero para comprar...

–No tienes que comprar nada –sonrió Madeline, sacando una tarjeta–. Puedes alquilarlo y devolverlo mañana.

–Gracias –murmuró Carly, insegura.

Carly no era gorda, le explicó madame Xandra. El problema era que los vestidos de noche debían ser ajustados.

Lo cual estaba muy bien para madame Xandra, que debía de pesar treinta kilos. Al ver su rostro enrojecido frente al espejo, Carly supo que no podría contener el aliento durante toda la noche. Por otro lado, no quería pasar por la humillación de volver a intentar meterse en aquellos vestidos talla Barbie.

–Sí, este es perfecto –dijo por fin.

El día solo podía mejorar, pensó Carly, mirándose al espejo por última vez. Había conseguido meterse en el vestido sin ayuda de nadie, pero no quería ver las lorzas que amenazaban con salirse del corpiño de satén naranja. Lo único bueno del asunto era que el vestido parecía cumplir con el requerimiento de llevar «atuendo formal» que indicaba la invitación.

Canturreando, intentó recoger sus abundantes rizos pelirrojos en un moño más o menos presentable. Intentaba convencerse de que todo iba a salir bien, pero no lo lograba. ¿Cómo iba a salir bien si estaba sin aliento? No era precisamente lo mejor en una noche en la que debía aparecer bajo los focos.

La primera persona a la que vio en cuanto bajó del taxi tenía que ser Lorenzo Domenico. Como una estrella de cine con su abrigo de alpaca oscuro bajo el cual, sin la menor duda, llevaría un elegante traje de chaqueta.

Era lógico que atrajese a la gente como un imán. Todo el mundo quería estar cerca de Lorenzo, sin duda esperando que se les pegara algo de su elegancia, de su aspecto aristocrático...

El pañuelo blanco de seda la fascinaba. Si lo llevara ella saldría volando como un pájaro loco o se le pegaría a la cara, pero el de Lorenzo se movía suave y elegantemente con la brisa.

Carly cerró la boca al darse cuenta de que se había quedado boquiabierta. Su tutor estaba guapísimo, con el viento moviendo su pelo oscuro... Cuando se trataba de estilo, los italianos eran los mejores. Nada que ver con las mujeres inglesas llamadas Carly Tate, con sus pies de payasa y sus enormes senos.

Lorenzo permaneció de pie, una figura solitaria, mientras todo el mundo entraba en la sala donde tendría lugar la presentación de los estudiantes. Parecía transfigurado por algo y, siguiendo la dirección de su mirada, Carly comprobó que estaba admirando el edificio. Ella casi había olvidado lo bonito que era aquel edificio de estilo gótico, pero verlo a través de los ojos de Lorenzo fue como verlo por primera vez.

–Carly –la llamó él entonces, tuteándola por primera vez–. Estás muy... –Lorenzo no terminó la frase, pero la miraba con expresión irónica.

–¿Naranja? –sugirió ella.

–¿Lista para pasar la prueba?

–¿Quiere decir que la prueba aún no ha empezado?

Lorenzo soltó una carcajada. Desgraciadamente para ella, aquella masculina carcajada tuvo el mismo efecto que una carga de alto voltaje en sus zonas más sensibles... lo último que necesitaba en una noche tan importante.

–Creo que, a partir de hoy, será mejor que me tutees.

Carly hizo una mueca.

–¿Está seguro?

–Si no lo estuviera no lo diría. ¿Entramos? –sugirió Lorenzo, ofreciéndole su brazo.

¿Lorenzo Domenico le pedía que lo tutease y se ofrecía a acompañarla? ¿El abogado de más éxito de Londres de verdad quería ser visto con un merengue de naranja?

Fuera cual fuera la razón, Carly tomó su brazo.

La gente los miraba, claro, pero eso demostraba, si hiciera falta alguna demostración, que el único accesorio que necesitaba una mujer era un hombre atractivo.

Bajo los candelabros, Carly sintió que su confianza empezaba a esfumarse. Todo el mundo estaba muy elegante mientras ella se sentía como una boya naranja en medio de un montón de pingüinos. ¡Todo el mundo iba de negro!

–¿Me das tu chal? –preguntó Lorenzo–. Estará a salvo en el ropero, te lo aseguro –añadió al verla dudar.

¿Estaría *ella* segura?, pensó Carly mientras se quitaba el chal. Porque ahora iba a necesitar algo para cubrir sus pechos, que amenazaban con salirse del vestido.

Mientras Lorenzo iba al ropero se fijó en que la gente se apartaba a su paso. Ella nunca conseguiría tal impacto. De hecho la gente se apartaba, como si temieran que el mal gusto fuera contagioso. Se sentía tan humillada que estuvo a punto de lanzar una exclamación cuando Lorenzo volvió a su lado.

–Perdona, no quería asustarte.

–No, no...

–¿En qué mesa te han sentado?

–Pues... no lo sé.

–¿No lo has comprobado?

En realidad, no lo había comprobado. Se había quedado entre las sombras, temiendo que la gente se riese de ella.

—Pues no, no lo he comprobado.

—No hace falta que levantes la voz. ¿Por qué no vamos a ver dónde te han sentado?

—¿Porque no te necesito para eso?

—Yo creo que sí.

Quedarse escondida entre las sombras le apetecía más que convertirse en objeto de cotilleo por ir con Lorenzo Domenico, pero ¿qué podía hacer cuando él ya la había tomado del brazo?

Como había imaginado, todo el mundo se volvió para mirarlos. Pero a ella esa vez. O, al menos, su vestido naranja.

—Qué amable por tu parte —murmuró.

—No tienes por qué darme las gracias —contestó Lorenzo, irónico—. De haberte dejado sola seguramente estarían sirviendo el oporto antes de que hubieras encontrado tu mesa. Y no quiero que te pierdas ni un solo segundo. Estoy deseando...

Apartándose, Carly empezó a caminar delante de él. Lorenzo Domenico podía hacerla olvidar cualquier pensamiento racional con una sola mirada y no estaba dispuesta a distraerse.

Pero, después de escapar de su protección, se dio cuenta de que la gente la miraba con gesto de burla. Era lógico, al fin y al cabo era la única mujer que mostraba los pechos, unos pechos grandes y saltarines que el vestido no podía disimular. En aquel momento parecían dos globos bajo el rígido corsé. Y no la animó nada ver que Madeline du Pre aparecía con un elegante traje de chaqueta de Armani. ¡Negro!

—No te han sentado conmigo —dijo Lorenzo.

—¿Y eso es una desilusión?

—¿Una desilusión? Sin gafas de sol me sentiré más seguro mirándote a distancia.

Debería haber imaginado que replicar a Lorenzo la haría acabar llorando.

—Podrías haberme advertido de que había que venir de negro.

—¿Y mostrar favoritismo hacia mi propia alumna?

¿Alguno de los profesores tendría corazón? No, estaban allí para reírse de sus alumnos. Carly levantó la barbilla para demostrarle que aceptaba su destino pero, desgraciadamente, eso solo sirvió para que sus pechos estuvieran a punto de salirse del corsé. Y no era fácil mostrarse desafiante cuando una tenía que guardarse los pechos a toda prisa. Para empeorar las cosas, Lorenzo no mostró el menor interés por darse la vuelta, como habría hecho cualquier hombre educado.

—Estoy impresionado —murmuró, mirando descaradamente el Gran Cañón de los escotes.

—¿Por qué?

—Por tu sangre fría —sonrió Lorenzo—. Pero... estás temblando. ¿Tienes frío?

El vello de su nuca se había erizado y sus pezones parecían a punto de salirse del escote, pero frío... no, no tenía frío.

—Es hora de que vayas a tu mesa. Y confío en que no me decepciones.

—No voy a decepcionarme a mí misma —le aseguró ella—. ¿Qué haces? —preguntó al ver que sacaba un bolígrafo.

—No quiero arriesgarme.

—¿Cómo?

—Voy a cambiar las tarjetas con los nombres para poder vigilar tu espalda...

Carly sintió la tentación de pensar que Lorenzo estaba intentando ser amable cuando Madeline du Pre pasó a su lado rodeada de una corte de admiradores. Ver a su rival para la beca, su traidora rival, la decidió a luchar en su naranja armadura. De modo que, tras quitarle el bolígrafo, volvió a escribir los nombres como estaban, tachando la alteración con tal fuerza que dobló la punta del bolígrafo.

Había habido pateos y silbidos durante toda la noche mientras los alumnos se levantaban uno por uno para solicitar su aceptación. Pero todo quedó en silencio cuando Carly se levantó. Quizá se habían aburrido de silbar; al fin y al cabo ella era de los últimos. O quizá los letrados habían agotado su diccionario de insultos. O, y aquella parecía la explicación más lógica, el vestido naranja había dejado mudo a todo el mundo.

—Me llamo Carly Viola Tate y quiero ser recibida como abogado por la honorable sociedad de...

De repente, se quedó en blanco. Sus labios intentaban formar las palabras, pero no era capaz. ¿Cuál de las sociedades legales había dado su nombre para que fuera recibida como abogado? Carly miró a Lorenzo, desesperada. Y solo tuvo que ver aquella expresión burlona para decidir que no iba a dejar que la viera fracasar estrepitosamente. Él mismo debía de haber pasado por aquella ceremonia en algún momento de su vida...

¡Como todos los letrados que había frente a ella!

Levantando la barbilla, Carly empezó de nuevo. Los letrados tendrían que buscar diversión en otro sitio.

Lorenzo no sabía cuándo se había sentido más aliviado... o más excitado.

Pero mientras disfrutaba de los halagos de sus colegas por la sorprendente actuación de su pupila solo podía estar de acuerdo con ellos: Carly se había portado de una forma excepcional. Era diferente, fresca, alegre. O, por decirlo de otra manera, sus pechos eran extraordinariamente grandes y tenía curvas donde debía tenerlas... aunque debía admitir que su sentido de la elegancia estaba por pulir.

Pero, por supuesto, debía olvidar aquel mo-

mento de debilidad y recordar cuál era su posi-
ción. Él era el dominante mientras ella...

No.

¡No!

¡No estaba abierta de piernas en su cama!

Era su alumna y el desarrollo de su carrera dependía de él. Era inexperta e inocente y debía de-
fenderla. ¿Y no era él un experto en defender a los
inocentes?

Lorenzo hizo un movimiento de aprobación
con la cabeza cuando Carly lo miró, triunfante.
Había sido tan encantadora, tan tierna cuando se
quedó momentáneamente en blanco... Hasta los
letrados mayores habían dejado de silbar y, sobre
todo, se habían olvidado del horroroso vestido.

Como tutor de Carly, también él debía contenerse, pero, desgraciadamente, ese pensamiento
no ejercía efecto alguno sobre su libido. Afortunadamente para él la tentación desaparecería pronto.
Los Juzgados estaban a punto de cerrar por vacaciones y cuando así fuera se marcharía a esquiar...
y se olvidaría de Carly.

Más tranquilo, Lorenzo miró al hombre que estaba sentado a su lado y se puso a hablar de Derecho con él. Pero, por mucho que lo intentase, no
podía dejar de pensar en Carly. La deseaba tanto
que le dolía... hasta el alma.

Capítulo 4

HABÍA vuelto a casa triunfante para soportar «aquello»? Carly se tapó la cabeza con una almohada para no oír lo que estaba pasando en la habitación de al lado. Su compañera de piso debía de estar practicando movimientos sexuales del curso avanzado y esos movimientos consistían en hacer que la cama chocase contra la pared a un cierto ritmo mientras Louisa gritaba a otro. El resultado era una completa cacofonía de la que Stravinsky podría estar orgulloso.

¿Acaso nadie tenía sueño?

¿Todo el mundo en Londres estaba manteniendo relaciones sexuales menos ella?

Carly comprobó que era la una de la madrugada. Genial. Saliendo de la habitación con sus zapatillas de conejitos encendió el interruptor del pasillo y...

—¡Señor Domenico! —exclamó, asustada—. ¿Qué está haciendo aquí?

—Yo también me alegro de verte —quitándose el pañuelo del cuello, Lorenzo la miró de arriba abajo.

Carly cerró los ojos, intentando convencerse a sí misma de que aquello era un sueño.

–¿Y bien? ¿No vas a invitarme a entrar?

–¿A entrar? Pero si ya estás dentro.

Lorenzo le entregó el abrigo, como si fuera una doncella. Carly, que llevaba un camisón finísimo que no tapaba nada, tiró del bajo para taparse el trasero y... casi se le salió un pecho. Nerviosa, colgó el abrigo y se volvió para mirarlo.

¿Qué estaba haciendo? ¿Por qué no se lo tiraba a la cara? Su única excusa era la hora y lo cansada que estaba después del esfuerzo que había hecho en el Gran Jurado.

Lorenzo había llamado por teléfono a todos los hoteles de Londres cuando su apartamento se inundó. No había una sola habitación libre, le habían dicho, debido a la proximidad de las Navidades. Intentó encontrar alojamiento en todas partes hasta que lo único que le quedaba era dormir en casa de un antiguo compañero. Las reparaciones en su apartamento durarían dos días y hasta entonces...

Pero mientras Carly lo miraba con expresión incrédula, se preguntó si no habría sido mejor dormir en un banco del parque. ¿Quería dormir en la misma casa? ¿Quería verse tentado por ella cada noche? Carly se había puesto colorada y estaba medio desnuda...

–¿Qué estás haciendo aquí, Lorenzo?

–Yo podría hacerte la misma pregunta.

–Yo *vivo* aquí. Louisa es mi amiga y este es su apartamento –le explicó, tosiendo fuertemente para disimular los sonidos apasionados que llegaban desde el otro lado del pasillo.

–Y el hermano de Louisa es mi amigo –explicó él–. Este piso es de los dos. Como están reparando un problema en mi apartamento yo voy a tener que alojarme...

–¡No puedes hacer eso! Yo vivo aquí.

–Y, por el momento, parece que yo también. ¿Hay café? –preguntó Lorenzo, entrando en la cocina.

¿Dónde pensaba que estaba?, se preguntó Carly, furiosa. ¿En un hotel? Mientras contaba hasta diez, aprovechó la oportunidad para ordenar sus neuronas.

–¿No tienes nada mejor que café instantáneo?

–Puede que haya café por ahí...

O podría haber leones, ella qué sabía.

–Esta noche lo has hecho muy bien. Estoy orgulloso de ti.

¿Lorenzo estaba orgulloso de ella? Por un momento, se quedó respirando el aroma de su colonia... pero ¿qué estaba haciendo en su cocina a la una de la madrugada? ¿Decía en serio que iba a vivir allí?

—¿Cuánto tiempo dices que vas a quedarte?

—No lo he dicho.

—¿Semanas?

—*Dio!* No, no.

—Ah, menos mal.

—Porque que yo esté aquí es tu peor pesadilla, me imagino. No te preocupes, solo estaré hasta que hayan arreglado el suelo de mi casa. Se ha inundado.

Su casa... Carly se imaginó pieles de leopardo en el suelo y mujeres desnudas sobre ellas. Todas las mujeres serían delgadas y guapísimas, claro.

Justo en ese momento, les llegaron gritos desde la habitación.

—¿Dónde está Louisa, por cierto?

—Dormida —contestó Carly a toda prisa—. Debe de estar teniendo una pesadilla.

—Pues parece una pesadilla muy agradable —murmuró Lorenzo—. ¿Crees que está bien o deberíamos intervenir?

—Seguro que está bien —Carly no sabía qué la horrorizaba más, los gritos de Louisa o que estaba sujetando a Lorenzo del brazo—. Será mejor que la dejemos dormir, ¿no crees?

—Muy bien —asintió Lorenzo.

—¿Por qué no... tomamos una copa? —sugirió ella entonces—. ¿Café, agua, o algo más fuerte?

—En ausencia de un café decente, un vaso de agua, por favor.

Carly le puso unos cubitos de hielo antes de

ofrecerle el vaso, que Lorenzo levantó en un brindis irónico:

—Buenas noches, Carly.

Sí, ¿por qué no volvía a su habitación? ¿Por qué no se movía?

—No te recomiendo que llegues tarde a clase dos veces en una semana...

Lorenzo dejó escapar un suspiro de alivio cuando la puerta se cerró tras ella. Cinco minutos en compañía de Carly lo habían dejado atormentado, con un auténtico dolor físico. Era una situación absurda y la culpa era enteramente suya. ¿De verdad había pensado que sería fácil dormir bajo el mismo techo que su alumna?

La deseaba, era así de sencillo. Y era una tortura. Estarían cerca día y noche... y tendría que condecorarse a sí mismo cuando terminase aquello.

Dando vueltas en la cama, Carly se decía a sí misma que era un alivio que Lorenzo no estuviera interesado por ella. Pero mientras seguía el maratón sexual de Louisa, pensó que no quería ser la chica gorda con pecas. No, quería ser una diosa del sexo con poder para poner a Lorenzo de rodillas. Pero Lorenzo era mayor que ella, un hombre sofisticado, rico, acostumbrado a moverse en las altas esferas...

No, la única forma de impresionar a Lorenzo sería en la arena profesional. Conseguiría la beca y organizaría la mejor fiesta de Navidad que recordase la universidad. Cómo, no tenía ni idea, pero ese era un detalle menor.

Por la mañana, sin haber pegado ojo, salió casi a ciegas al pasillo... y Lorenzo estaba allí para sujetarla cuando tropezó con un zapato.

–No llegues tarde.

¿Lo habría imaginado o Lorenzo había apartado las manos como si hubiera recibido una descarga eléctrica? También ella había tenido un calambre, pero en su caso no le habría importado hasta que se le quemase el pelo.

–¿Has dormido bien? –le preguntó, medio mareada.

Él la miró de arriba abajo y Carly decidió que, al día siguiente, cubriría sus lorzas con un albornoz. Pero Lorenzo ni siquiera se había vuelto para mirarla. Cualquier pensamiento erótico estaba confinado al interior de su cabeza.

Suspirando, Carly entró en la cocina, donde la esperaba un bol de cereales azucarados con leche.

Compartir apartamento con Lorenzo Domenico empezaba a parecerle tan apetecible como tomar aceite de ricino. Quizá debería olvidarse de la beca, pensó, pero nada decepcionaría más a sus padres, que lo habían sacrificado todo por ella. La tutoría, un sistema por el cual un abogado con mucha experiencia tutelaba el entrenamiento de un alumno ya licenciado en la facultad de Derecho, era como el polvo de oro. Si alguien la perdía por alguna razón podía olvidarse de una carrera como abogado. Y el fracaso no era una opción, especialmente para una Tate. Además, Carly siempre había sabido cuál era su destino como la hermana fea. Tenía que mantener la tradición familiar porque sus padres estaban convencidos de que alguno de sus antepasados había firmado la Carta Magna con su propia sangre.

Al menos no llegó tarde a su cita con Lorenzo. Cuando entró en su despacho, lo encontró arrellanado en el sillón.

—Informe de progresos sobre la fiesta de Navidad —dijo él haciendo un gesto con la mano, como un director de orquesta dirigiendo a un solista.

A Carly se le quedó la mente en blanco cuando vio sus calcetines. Aquel día los llevaba de color rosa. Y no solo rosa, sino rosa fucsia.

¿Importaba que sus calcetines fueran de colores chillones? Aquel hombre podría ponerse un vestido de volantes y seguiría teniendo un aspecto increíblemente masculino.

—¿Sigue aquí, *señorita Tate*?

—Ah, sí, sí...

—La lista.

—Sí, claro —murmuró Carly ofreciéndole un papel—. Aunque aún no tengo todos los detalles.

—No me gusta jugar a las adivinanzas.

Lorenzo empezó a leer la página sin decir nada. Durante mucho rato. Estaba empezando a ponerla nerviosa. ¿Por qué era la vida tan injusta? ¿Por qué Lorenzo parecía estar posando para la portada de una revista masculina mientras ella se sentía como el patito feo?

—No está mal —dijo por fin—. Pero lo que necesito ahora son detalles específicos.

—Y yo necesito un poco más de tiempo. Tendrás que confiar en mí.

—¿Confiar en ti? Pensé que te había dejado claro que lo único que me interesa son los hechos.

Pero no estaban en un Juzgado, aquello no era un juicio.

—Es que no quiero estropear la sorpresa.

—Organizar la fiesta de Navidad no es una actividad lúdica, Carly. Es parte de tu trabajo en la tutoría. Y también es una oportunidad de mostrarle a todo el mundo de lo que eres capaz. Quiero un sumario de todo, con detalles —dijo Lorenzo entonces, ofreciéndole un bolígrafo—. Vamos, anótalos ahora mismo.

—¿Por qué no me lo llevo a mi oficina... para no molestarte?

—Siéntate. Y mientras haces la lista, me gustaría que empezaras a pensar en algunas sugerencias para los miembros más jóvenes.

—¿Sugerencias?

—Este año acudirán jueces de gran prestigio,

jueces que llevan armiño en la Cámara de los Lores. Y no se les puede tratar de cualquier manera.

Lorenzo la miró, esperando. Sabía que la estaba poniendo en un aprieto, pero... ¿se portaría como una profesional o lo mandaría al infierno?

–Te harán falta dos listas. En una debe decir *Fiesta de Navidad* y en la otra *Normas de comportamiento para los miembros más jóvenes*.

Sí, así seguro que ganaba muchos amigos, pensó Carly. Por ahora solo podría vengarse en su mente... con Lorenzo desnudo y ella con un par de tacones de aguja. Pero más tarde, cuando volviera a su oficina, tendría que inventar algo que no pusiera en peligro su beca o su relación con sus compañeros.

–¿Qué? –murmuró Lorenzo, levantando la mirada.

Carly se mordió los labios. Enviar una nota diciéndoles a sus compañeros cómo debían comportarse sería un insulto para ellos...

–¿Qué ocurre?

–Nada –suspiró ella. Pero se le estaba ocurriendo una idea: una idea que incluía las dos listas que pedía Lorenzo... y una tercera, menos reverencial, para sus amigos.

–¿Eso es todo? Pues ponte a trabajar. Vamos, escribe.

Carly lo intentó. Ella tenía ideas, muchas ideas. El problema era reunirlas delante de aquel hombre. No había estado tan obsesionada con el sexo en años... desde que perdió su virginidad en el asiento trasero de un coche; un revolcón que no la había preparado para alguien como Lorenzo Domenico.

—Muy bien, ve a tu oficina —suspiró él, impaciente—. Veo que no puedes concentrarte y me estás distrayendo.

Lorenzo la vio saltar como si tuviera un muelle. ¿Tan ogro era?

—Pero antes de que te vayas... esta noche he quedado con un amigo. Voy a llevarlo al apartamento y había pensado que podrías echar una mano.

Si apretaba más los labios le explotarían, pensó Carly.

—¿A qué te refieres?

—Hay que meter el vino en la nevera, preparar unos canapés, ese tipo de cosas.

Lorenzo podía ver sus principios feministas luchando contra su deseo de conseguir la beca. Y también podía ver que Carly quería agarrarlo por el pescuezo. Y, durante todo ese tiempo, seguían mirándose el uno al otro.

—¿Canapés? —repitió ella.

El candidato que consiga la beca Unicorn deberá demostrar que es una persona creativa y que posee recursos para cualquier tarea que deba desempeñar.

—Sí, claro, sin problema —dijo Carly entonces.

—Me alegro. Quizá te apetezca quedarte con

nosotros. Vamos a discutir la posibilidad de ampliar la beca y sería una buena oportunidad.

¿Para organizarle una merienda?, pensó ella.

—Canapés a las ocho, ¿de acuerdo? —repitió Lorenzo.

Pues muy bien, si tenía que hacer canapés, haría canapés. ¿Por qué no? No tenía intención de cargarse la beca por culpa de unos trocitos de pan.

Capítulo 5

CARLY miró el trabajo ya terminado. Tenía tres listas, dos de las cuales eran para Lorenzo. Pero la tercera, en la que había hecho algunos dibujos muy gráficos, era la que recibirían sus compañeros.

Y no debía olvidarse de los canapés. Pero eso no era problema. Los canapés eran pequeños, de modo que serían fáciles de preparar. Por el momento, estaba más interesada en sus dibujitos, que podrían competir con las ilustraciones del *Kama Sutra*. En fin, una chica tenía derecho a soñar. Y con Lorenzo en los Juzgados tenía horas para dibujar cualquier postura erótica que quisiera...

A las doce, casi todas las cosas de la lista de Navidad estaban marcadas. Además de contratar a un Santa Claus y varios elfos, incluso con un presupuesto tan pequeño, había conseguido un catering interesante. O, al menos, eso esperaba.

Y en cuanto a la nota para sus compañeros, había pensado mucho antes de elegir unas palabras que no considerasen como un insulto. Sabía que Lorenzo esperaba que se diera un buen estacazo, pero ella estaba decidida a permanecer en pie.

Con esa intención en mente, elaboró una lista de advertencias... bajo una fotografía de Lorenzo, de aspecto temible con su toga y su peluca. Sus compañeros entenderían la broma. La lista que recibiría Lorenzo decía lo siguiente:

Normas de comportamiento para la fiesta de Navidad

Recordad: las noches demasiado alegres tienen como consecuencia mañanas tristes.

Y aquí van algunas sugerencias para ayudaros a evitar problemas:

1. Llegad temprano y saludad inmediatamente a vuestro superior.

2. Sobre todo, recordad que las primeras impresiones cuentan.

3. Debéis estar atentos a todo y mantener siempre una sonrisa en los labios.

4. Debéis charlar con todos los jueces manteniendo un aire de confianza.

5. ¡Nada de bailar borrachos sobre las mesas!

6. En caso de que empecéis a sentir los efectos

del alcohol, cosa que no puede pasar, debéis sa-
lir del edificio INMEDIATAMENTE.

7. Es importante darle las gracias al anfitrión
al final de la fiesta.

Lorenzo estaría contento con esas sugerencias. Sonriendo, Carly dobló el papel y lo colocó dentro de un sobre.

La lista de sugerencias que recibirían sus colegas sería básicamente la misma, pero con ciertos añadidos. Su intención era que tuviese exactamente el mismo aspecto para que Lorenzo no los pillara si hacía alguna pregunta. Y, sin embargo, sería tan diferente...

Bajo la frase *Normas de comportamiento para la fiesta de Navidad*, Carly había hecho un dibujo de Lorenzo con cuernos y colmillos.

Bajo lo de saludar a sus superiores, añadió una sugerencia: *Poneos de rodillas, como es habitual con esa pandilla de viejos ogros.*

Bajo lo de nada de bailar borrachos sobre las mesas, añadió otra: *Dar un beso en los labios como Dios manda puede ayudarte a aprobar.*

Y luego metió la lista en cada sobre preparado para la ocasión. Era fundamental que no cayeran en manos de Lorenzo y, para asegurarse, los entregaría ella misma.

Carly se felicitó por un trabajo bien hecho y luego, pensando que aún tenía tiempo, se puso a dibujar una mujer de enormes pechos.

Y debajo escribió: *Mi regalo de Navidad para Lorenzo*.

¡Canapés!

Carly se despertó, sobresaltada. Hacía tanto calor en su oficina que se había quedado dormida. Por un momento no recordó dónde estaba, pero cuando miró el reloj se acordó de que debía organizar una merienda para su tutor...

Pero no pasaba nada, lo único que tenía que hacer era comprar los ingredientes. El menú que había decidido era muy interesante: gambas con salsa de chile, trocitos de tomate con vinagreta y una anchoa enrollada artísticamente encima. Y la *pièce de resistance*: trocitos de salmón en miniatura con queso fresco, todo decorado con alcaparras.

Carly tragó saliva. No podía ser tan difícil.

Lorenzo se cruzó con Carly, que parecía ir completamente distraída, por el pasillo. Cuando pasó a su lado le pareció oírla murmurar la palabra «canapés».

Mientras salía a toda prisa por la puerta, una nota se le escapó del bolsillo. Desde luego, no debería leer los papeles de otra persona, pero los abogados hacían eso todo el tiempo...

Una vez en su oficina, Lorenzo desdobló el papel. En él había un dibujito...

—¿Qué tal van los canapés?

Carly se llevó una mano al corazón.

—Pues... más o menos —contestó ella, poniéndose con disimulo delante del horno.

Había algo diferente en Lorenzo, no sabía qué. Quizá cómo la miraba. Normalmente tenía una expresión inescrutable pero, claro, no era uno de los mejores abogados del mundo porque sí. Sin embargo, aquel día había un brillo en sus ojos...

¿En qué estaría pensando?

De repente, Carly sintió una punzada de celos e hizo una lista mental de todas sus colegas, preguntándose cuál de ellas habría estado con Lorenzo durante la hora del almuerzo. Pero eso no serviría de nada. Probablemente Lorenzo pensaba que las chicas feas no necesitaban sexo como las mujeres guapas, aunque eso no evitaba que ella lo deseara.

En fin, daba igual. Para ella, Lorenzo Domenico podría estar en otro planeta.

Lorenzo salió de la cocina sin decir una palabra, pero parecía muy satisfecho consigo mismo. ¿Y por qué no? Ahora, además de una discípula, tenía una mujer que lo servía en la cocina. La cuestión era, ¿por qué una mujer independiente como ella se sentía encantada de hacerlo?

Porque Lorenzo Domenico era perversa, terriblemente irresistible.

La esperanza de Carly de presentar unos canapés perfectos había muerto al comprobar lo difícil que sería hacer todo aquello sin tiempo y sin saber nada de cocina. De modo que había encargado pizzas en la pizzería de la esquina y, en ese momento, estaba esperando que se calentasen en el horno. Después, las cortó en pedacitos, las colocó en una bandeja y entró de espaldas en el salón...

–Señores...

Dos trozos de pizza salieron volando.

Carly fingió no haber visto las expresiones de sorpresa mientras dejaba la bandeja sobre la mesita de café.

–Esta es de tomate, cebolla y queso gorgonzola. Y esta otra debe de estar riquísima... es de pulpo y piña.

Lorenzo se puso pálido.

–Gracias, Carly. ¿Te importaría dejarlas allí? –le preguntó, señalando la esquina más alejada del salón–. Y ahora, quizá, podrías servirnos una copa de vino blanco... bien fresco.

¿Vino blanco bien fresco?

–Ah, sí, claro –murmuró ella, mientras recogía los dos trozos de pizza que habían caído al suelo.

* * *

Lorenzo intercambió una sonrisa con su amigo:

–Disculpa a mi alumna. Está embarcada en una curva de aprendizaje más bien espinosa...

–¿Diseñada por ti? –Ronan apretó los labios–. Pásame la pizza, por favor. Estoy muerto de hambre.

–Yo también –le confesó Lorenzo. Ronan y él habían estudiado juntos y durante esa época comían de todo. Aunque Carly no tenía por qué saberlo–. Bueno, ¿qué te parece?

–Eres un hombre afortunado. Es guapísima.

–¿Tú crees?

–¿Cuánto tiempo vas a seguir interpretando al tutor severo?

–El tiempo que haga falta.

Ronan levantó su copa vacía en un brindis burlón.

–¡Carly, el vino!

–Oye, no te pases... –lo regañó su amigo.

Tendría suerte si Carly no le tiraba el vino a la cara, pensó Lorenzo, sonriendo interiormente.

Carly, apoyada en la puerta de la cocina, pensaba en sí misma antes de la aparición de Lorenzo, cuando era una persona normal que vivía una vida normal. Ahora apenas recordaba su nombre y mucho menos que tenía que haber metido el vino en la nevera.

Solo podía hacer una cosa y la hizo: entró en el

salón, echó un montón de cubitos de hielo en las copas y sirvió el vino templado.

—Veo que os ha gustado la pizza —comentó.

—Hemos tenido que tirarla —dijo Lorenzo.

—¿A la basura? —exclamó Carly. Pero enseguida vio que Lorenzo intercambiaba una sonrisa con su amigo.

—¿No vas a sentarte con nosotros? —preguntó este.

Lorenzo se volvió para mirar a Ronan y sintió una punzada de algo desconocido. No podían ser celos, desde luego. Pero Ronan no era un ángel y él tenía que defender a su discípula.

—Perdona, Carly. Te presento a Ronan O'Connor, amigo mío desde hace años. Ronan, esta es Carly Tate...

—Encantada.

—Estábamos hablando sobre la posibilidad de ampliar la beca Unicorn a otras zonas de Londres. ¿Quieres unirte a la discusión?

¿Sentarse con ellos mientras tomaban el caro vino que Lorenzo había comprado y ella había aguado con cubitos de hielo? No, gracias. Era hora de alejarse de las miradas acusadoras de su tutor.

Pero no pensaba quedarse en su dormitorio. Se arreglaría e iría a dar una vuelta.

Después de inventar una excusa, Carly entró en su cuarto y se puso un top de lentejuelas negras que había comprado de segunda mano y una falda vaquera. Y luego, porque siempre había sabido que algún día le harían falta, unos zapatos de tacón de aguja.

Lorenzo nunca sabría que no tenía dónde ir y el repiqueteo de los tacones en el pasillo le diría todo lo que tenía que saber: que Carly Tate era una chica sofisticada en pleno control de su vida.

Capítulo 6

EL PUB al que iba Carly era muy popular en la facultad y aquella noche parecía más lleno que nunca. Algo extraño para un día de diario... o quizá no, considerando que solo faltaban unos días para Navidad.

Un chico con unos vaqueros de diseño y un jersey oscuro se acercó a ella como si la hubiera estado esperando.

–Ah, qué bien. Llegas justo a tiempo –sin ninguna explicación, el chico la tomó del brazo y la llevó hacia una mesa.

Al menos así tendría ocasión de leer un rato, pensó ella. Y, al menos, no era el tipo de sitio al que iría Lorenzo, se consoló a sí misma mientras sacaba la novela del bolso. Pero mientras intentaba leer, el rostro de Lorenzo reemplazó a la portada, la primera página, la segunda y... cerrando el libro, Carly intentó llamar la atención del camarero. Aquello era una emergencia. Lo que necesitaba era un café. Sí, un café fuerte, dulce y caliente.

* * *

Mientras charlaba con Ronan sobre los viejos tiempos, Lorenzo no dejaba de pensar en Carly sola y sin protección en una ciudad tan peligrosa como Londres.

La había visto pasar por la puerta del salón y le sorprendió que llevara tacones. Pero si hubiera una fiesta habría oído algo en la facultad, de modo que debía de haber quedado con alguien. Y tenía que ser en algún sitio cerca, porque no había llamado a un taxi y la parada del autobús estaba lejos de allí. Desde luego, pensaba ir andando donde fuera, pero con esos tacones no podía ir muy lejos...

Lorenzo miró por la ventana. Había anochecido y estaba empezando a llover. No podía seguir engañándose a sí mismo: estaba siendo muy duro con ella y Carly había querido escapar. ¿Y qué era más importante para él, la seguridad de Carly o charlar un rato con su amigo?

–Estaba desesperado por hablar con alguien de mi edad –le dijo el chico–. Esto está lleno de crías.

–Sí, bueno, yo solo voy a estar aquí cinco minutos... –empezó a decir Carly.

–Bueno, eso ya lo veremos, ¿no?

–Pues no, solo voy a estar aquí cinco minutos –insistió ella, molesta por la actitud del joven.

Justo en ese momento se abrió la puerta y un hombre con el cuello de la gabardina levantado entró en el pub. Llevaba una camisa de cuadros y pantalones vaqueros...

—¡Lorenzo!

Carly se levantó de un salto.

—Oye, ¿dónde vas?

—Lo siento, tengo que hacer una cosa urgente —se disculpó ella.

Pero cuando encontró la salida de emergencia la puerta estaba atrancada.

—Ah, ahí estás —oyó la voz de Lorenzo.

—¿Qué haces aquí?

—Pues... ah, veo que estás con un amigo...

—No estoy con él.

—¿Cómo que no? —le espetó el chico, que la había seguido hasta la puerta.

—Pero si ni siquiera sé cómo te llamas —Carly se volvió hacia Lorenzo—. No estoy con él. Cuando entré en el bar me tomó del brazo y...

—Podrías haberme dicho que no.

—¡Pero si no me has dado tiempo!

—Venga ya... has venido sola y estabas buscando a alguien con quien pasar el rato.

—¡Pero bueno! —exclamó Carly, atónita.

—Está claro que querías compañía masculina —insistió el chico.

—Pues claro que quería compañía masculina —dijo Lorenzo entonces—. La mía. He venido a buscarla.

¿Podría alguien estar metido en aquel lío sin darse cuenta? Eso la hacía aún más adorable, pensó. Qué sola debía de sentirse para ir a aquel sitio. ¿Y de quién era la culpa?

–Hola, cariño. No te puedo dejar sola, ¿eh?

Carly tragó saliva cuando Lorenzo la tomó entre sus brazos. Lo que ocurrió después no fue un beso, sino una especie de guía para la seducción. Primero, enredó los dedos en su pelo mientras le acariciaba la cara con la otra mano y luego buscó sus labios despacio, tomándose su tiempo. La hacía sentirse como si fuera la mujer más bella del mundo, besándola tan tiernamente que Carly no podía creerlo. Y luego, de repente, el beso se convirtió en algo tan apasionado que tuvo que preguntarse si Lorenzo habría perdido la cabeza.

Apartándose al fin, la miró a los ojos y, por sorpresa, volvió a buscar más. Aquello no podía ser un error, ¿no? Esperaba que no. El rostro de Lorenzo estaba mojado y le había empezado a crecer la barba, pero sus labios eran ardientes...

Entonces, la gente del pub empezó a aplaudir.

–Me parece que será mejor salir de aquí –murmuró él, sin soltarla.

–Sí, creo que será lo mejor –logró decir Carly, con un hilo de voz y los ojos brillando como diamantes.

Carly aún no podía creerlo. Ni siquiera podía pensar con claridad. Quizá nunca volvería a hacerlo. Pero si no pensaba con claridad no conseguiría la beca...

–¿Todo bien? –preguntó Lorenzo.

–Sí, sí, bien... gracias por rescatarme –consiguió decir ella–. Pero... ¿por qué lo has hecho?

–Ya hablaremos más tarde. Ahora lo importante es protegernos de la lluvia.

–Quiero que sepas que yo solo estaba...

–¿Ligando en un bar?

–¡No! Yo nunca haría nada que diese que hablar en la facultad.

–Ah, eso. ¿Solo piensas en el trabajo, Carly? ¿Y tu reputación qué? ¿Crees que la beca llenará ese vacío que hay en tu interior?

–¿Por qué dices eso?

–¿Sabes lo que quieres de la vida?

Ella lo miró, estupefacta.

–No, ya me lo imaginaba.

Carly no dijo nada. Conseguir la beca era importante pero, en aquel momento, que Lorenzo la apretase contra su costado lo era más. Aunque hacía frío, los labios aún le quemaban por el beso. Estaba soñando otra vez, quizá, pero soñar era bonito.

Cuando llegaron a casa, Carly, empapada, empezó a estornudar. Y Lorenzo le dio instrucciones estrictas de quitarse esa ropa mojada. ¿Para qué, para posar desnuda?, se preguntó ella. Cuando vio su imagen reflejada en el espejo, negó tristemente con la cabeza. Podía oír a Lorenzo en el baño, abriendo el grifo de la bañera...

–¿No te había dicho que te quitaras esa ropa mojada?

–Sí, pero... ¿no piensas salir?

–Claro –sonrió él, cerrando la puerta.

Carly respiró profundamente. Lorenzo Domenico no estaba a su alcance. Incluso el aceite que le había echado al agua del baño olía a algo caro, exclusivo; un hombre como él jamás podría enamorarse de una chica como ella.

–Quince minutos y luego hablamos. Te espero en el salón –dijo Lorenzo desde el pasillo.

Exactamente quince minutos después, un golpecito en la puerta del baño hizo que Carly se incorporase, sobresaltada.

–¿Estás visible?

–Sí... bueno...

–Voy a entrar.

Ella se escondió como pudo bajo la espuma.

–Toma, bébete esto.

–Odio la leche caliente.

–Le he puesto canela.

Genial. Como a una niña pequeña.

–Buena chica... voy a buscar unas toallas.

Enseguida volvió con un montón de toallas de esponjoso algodón... y a Carly se le ocurrió pensar que Lorenzo era demasiado hombre para ella. Su cuerpo podía pedirle que se preparase para el contacto con otro cuerpo más bronceado, más duro... pero no tenía valor.

Lorenzo se inclinó entonces.

–¿Qué haces?

–Secarte el pelo. Para que no te resfríes... y tengas que quedarte en casa.

Cuando terminó de secarle el pelo, colocó una toalla entre él y la bañera para que Carly pudiera salir preservando su pudor. Y luego la llevó al dormitorio.

–¿Dónde tienes el camisón?

Carly abrió el cajón donde guardaba la ropa interior sexy que compraba en rebajas.

–¿Qué es esto? –demandó Lorenzo cuando ella le mostró un trocito de encaje–. ¿No tienes algo más razonable?

¿Como qué, un camisón de cuello alto?

–¿Qué tal esto? –preguntó, sacando un pijama de franela rosa.

–Con eso estarás más calentita. Venga, métete en la cama.

Aquello no iba según sus planes. Aquello no iba a ningún sitio. Seguramente Lorenzo tenía hermanas, pero Carly no quería ser una de ellas.

–No te preocupes, mañana te despertaré yo mismo.

–¿No teníamos que hablar?

–Ya hablaremos mañana.

–Carly...

–Mmmmm...

–Es hora de levantarse –dijo Lorenzo. Pero no

podía despertarla en ese momento, en medio de un sueño precioso.

–Déjame, tengo sueño.

No tenía intención de levantarse hasta que él saliera de la habitación...

–¡No abras las cortinas!

–Son las diez de la mañana, jovencita.

–¿Las diez? –Carly se incorporó frotándose los ojos. La prueba era evidente. Lorenzo estaba afeitado y llevaba puesto su traje de tres piezas.

–Ya has dormido suficiente y no querrás llegar tarde al trabajo.

El tono era más bien de: «será mejor que no llegues tarde al trabajo».

–No llegaré tarde.

–En media hora en mi despacho.

¿Media hora?

–Allí estaré.

La noche anterior había sido una prueba para él y la noche del Gran Jurado había sido el paso de «Carly Tate, prometedora alumna de Derecho a Carly Tate, promesa de innumerables delicias eróticas». Pero estaban en horario de trabajo y Lorenzo quería saber más cosas de ella antes de enviar su informe al comité.

–¿Tus padres te apoyan?

–Sí, claro, no podrían apoyarme más.

–¿Tienes hermanos?

–Una hermana, Olivia.

–¿Te llevas bien con ella?

–Sí, muy bien. Es la guapa de la familia –contestó Carly, riendo nerviosamente.

A Lorenzo le habría gustado decirle que él no estaba interesado en hermanas guapas, solo en Carly Tate. Pero tenía que insistir para saber si de verdad estaba comprometida con el programa.

–¿Y qué te hizo elegir el Derecho?

–El Derecho se saltó una generación en mi familia...

–¿Y tú pensaste que debías ser el eslabón perdido?

–Quería hacerlo –contestó ella apasionadamente.

–Podrías haber estudiado otra carrera.

–Pero quería estudiar Derecho.

–¿Tienes alguna afición?

–¿Afición?

–Sí, deportes, teatro...

–Bueno, leo mucho –lo interrumpió Carly.

–¿Libros de Derecho?

Ella se puso colorada. Libros de Derecho y novelas románticas, pero eso no pensaba decírselo.

–¿Alguna cosa más?

Carly se mordió los labios y eso hizo que Lorenzo se fijase en ellos. Recordaba lo furioso que se había puesto cuando el joven del bar se mostró tan grosero. Había actuado por instinto, pero aún recordaba el sabor de esos labios... Y en ese momento la deseaba. Querría acostarse con ella en aquel mismo instante.

–¿Puedo decir una cosa más? Quiero esa beca –afirmó Carly entonces–. Lo significa todo para mí.

–Y para tus padres también, no tengo la menor duda –Lorenzo miró hacia la puerta, una indicación de que la entrevista había terminado. Sobre todo, porque necesitaba espacio.

El resto del día pasó a toda velocidad y Carly se dedicó a finalizar los detalles para la fiesta de Navidad. Eso y asegurarse de que el taller terminaba de reparar el coche de Lorenzo a tiempo.

–¿Todo va bien? –le preguntó él cuando estaba a punto de marcharse, asomando la cabeza en su oficina.

–Sí, muy bien. Traerán tu coche dentro de un rato.

–¿Y la fiesta?

–Todo va estupendamente.

–Si necesitas ayuda, pídela.

–No te preocupes... lo tengo todo controlado.

Carly esperó hasta que Lorenzo desapareció por el pasillo para dejar escapar un suspiro. Era absurdo sentirse así. Tenía que dejar de soñar con algo que no iba a pasar nunca. Lo que debería hacer era llamar a su madre para decirle que no iría a casa en Navidad porque aquel año tenía que quedarse en Londres organizando una fiesta.

«Y sí, mamá, después tendré que limpiarlo todo. Eso es, mamá, tareas menores». Estaba ensayando la conversación en voz alta. «Alguien tiene que hacerlo».

La llamada empezó mucho mejor de lo que Carly hubiera esperado. Su madre estaba alegre e incluso se tragó su versión de que organizar la fiesta era un honor... hasta que le dijo que tendría que limpiar después.

—¿Limpiar? —repitió su madre en tono de desaprobación—. ¿He pagado tu educación para que te dediques a limpiar?

—Alguien tiene que hacerlo —murmuró Carly.

Y luego, cuando su madre explotó de indignación, se apartó el teléfono de la oreja. No parecía entender lo que significaba pedir una beca. Lo que había que humillarse y soportar. Pero era mejor que no lo supiera. ¿Cómo podía explicarle que el orgullo no tenía cabida cuando había que agarrarse a una posibilidad con la punta de los dedos?

—No, de verdad, aquí se considera un honor...

—¿Cómo va a ser considerado un honor? No me imagino a tu hermana limpiando una sala llena de platos sucios...

—Mamá, por favor, no es eso...

—Dices que sí a todo, hija. Puede que tú seas la más inteligente, pero no eres astuta o sofisticada como Olivia. No te dejes tomar el pelo, Carly. Espera, habla con tu padre ya que yo no puedo convencerte. Pero aunque solo sea por él, te pido que lo consideres.

Su padre fue más amable, pero Carly se dio cuenta de que también estaba decepcionado.

–Papá, no van a pedirme que sea la maestra de ceremonias cuando acabo de conseguir una tutoría. Organizar la fiesta de Navidad no es tan malo. Es una oportunidad para demostrar que puedo...

–¿Pasar la escoba? –oyó que decía su madre desde el otro teléfono.

–Bueno, da igual. Os llamaré después de la fiesta, ¿de acuerdo?

Carly esperaba una palabra de ánimo, algo.

–¿Qué dice mamá?

–Que no comas mucho en la fiesta –contestó su padre–. No debes engordar más...

Capítulo 7

GRACIAS, papá... –Carly miró el auricular. Había colgado porque su madre tenía que hacer una llamada.

Luego se quedó muy quieta, intentando calmarse... pero una extraña angustia la embargó. Necesitaba aire de inmediato.

–Oye...

Lorenzo tuvo que apartarse a toda velocidad para evitar la colisión.

–Perdona.

–¿No me habías visto?

–Sí, te había visto –mintió Carly, antes de seguir hacia la puerta como si tuviera todo el tiempo del mundo. Aunque por dentro se sentía como una lavadora en el proceso de aclarado. Necesitaba aire desesperadamente.

–Yo también salía en este momento. ¿Por qué no nos vamos juntos? –sugirió Lorenzo.

–No, bueno... es que tengo que ir al supermercado.

–No quiero dejarte sola con tantos hombres por ahí. Ya sabes que no te puedes fiar.

Ah, claro. Lorenzo solo había estado intentando ahorrarle una humillación. Habría hecho lo mismo por cualquier otra alumna. Lorenzo Domenico estaba acostumbrado a besar.

—No pongas esa cara. Estamos fuera de servicio y hasta los abogados tienen que dejar de tomarse en serio a sí mismos.

«Dice el Gran Inquisidor».

—¿Adónde vas?

—A casa. Voy a hacer la cena... puedes cenar conmigo si quieres.

—No sabía que supieras cocinar.

—¿A cuántos italianos conoces que no sepan cocinar?

—No conozco a muchos italianos —contestó Carly.

—Pues no sabes lo que te pierdes.

Cuando llegaron, Lorenzo sugirió que se quitara el traje y se relajara un poco. Al decir eso recordó la ropa interior de encaje que Carly tenía guardada en el cajón... pero lo olvidó enseguida al ver un brillo de dolor en sus ojos.

—¿Qué te pasa?

—Nada, nada. Salgo enseguida —murmuró Carly, entrando en su habitación.

¿Qué le habría pasado?, se preguntó Lorenzo mientras se quitaba el traje de chaqueta. Suspirando, entró en el baño para darse una ducha. Necesitaba lavarse, borrar todo lo que había visto y oído aquel día en los Juzgados. Trabajar como abogado criminalista era lo que siempre había querido hacer, pero los casos que llevaba eran todos dramas reales y nunca podía relajarse hasta haberse dado una ducha.

Se sentía más fresco cuando entró en la cocina. A las mujeres les encantaba que cocinase. En general, se animaban mucho... y acababan en su cama. Él era un perfeccionista en la cocina, en los tribunales, en la cama... y sabía mejor que nadie que la práctica lo era todo en esos tres aspectos de la vida.

Y, porque lo sabía, tenía muchas dudas sobre el futuro de Carly. La confianza en uno mismo era un requisito fundamental para convertirse en un buen abogado, pero hacía falta algo más que inteligencia y dedicación para lograrlo. Carly esperaba mucho de su carrera, pero ¿qué quería de verdad?

—¿Tienes hambre?

—Sí —contestó ella.

—Prometo no envenenarte.

—No te molestes. Tampoco tengo tanta hambre.

—Pero si acabas de decir...

—¿Está interrogándome, señor Domenico?

—Si hago la cena tendrás que compartirla conmigo. ¿Entendido?

Carly apartó la mirada.

—Sí, bueno...

–Voy a hacer una salsa casera para la pasta. Un plato muy sencillo. ¿Tienes alguna alergia?

–No, ninguna.

–¿Estás a dieta?

–¿Por qué dices eso? ¿Crees que debería estarlo?

–No, no, yo no he dicho eso –sonrió Lorenzo–. Las mujeres sois tan susceptibles... Además, trabajas mucho y necesitas energía.

¿Como un luchador de sumo?, se preguntó Carly.

Era una tortura estar tan pegada a él en aquella diminuta cocina. Pero no era capaz de marcharse.

–Pruébala –dijo Lorenzo, ofreciéndole el cucharón de madera después de haber batido la salsa hasta someterla.

Ella hizo un inmediato cálculo de calorías: el tomate, el chile y las cebollas no tenían demasiadas.

–¿Esta es tu idea de un plato sencillo? Está riquísima.

–Espera, pruébala ahora que la he sazonado.

Carly entreabrió los labios.

–¿Mejor?

–Sí, está más sabrosa.

–Mientras viva aquí, tú comerás como es debido.

Cenaron un plato de pasta y ragú de ternera, que Lorenzo preparó en menos de media hora. Carly estaba perpleja.

–¿Te apetece un helado?

–¿Helado? No, no, imposible. Tiene millones de calorías.

–Es un helado especial, lo he hecho yo mismo –sonrió Lorenzo, levantándose para abrir la nevera–. El alcohol hace que la mezcla sea más suave de lo normal... venga, pruébalo. Abre la boca, Carly.

Fue la cucharada de helado más deliciosa que había tomado en toda su vida.

–Y, como casi todo, hay que comerlo enseguida para que no pierda nada de sabor... –sonrió Lorenzo–. ¿Carly? ¿Sigues aquí?

–Ah, sí, sí, perdona. Es que estaba pensando...

–¿Estás disgustada?

–No, claro que no.

–Entonces, ¿por qué tienes lágrimas en los ojos?

Ella apartó la mirada.

–¿Yo? No, no, qué va.

–Bueno, háblame sobre ti mientras tomamos el helado.

–¿Qué puedo contarte? Mi vida es aburrida.

–¿Por qué no dejas que eso lo decida yo?

–¿Otra vez me pones a prueba? Pensé que estábamos fuera de servicio.

–Son preguntas... para saber si mereces la beca –mintió Lorenzo.

–¿Y cómo lo estoy haciendo?

Él no quería contestar. No estaba preparado para comprometerse todavía. Carly era una buena candidata, al menos sobre el papel. ¿O solo lo pensaba porque quería acostarse con ella?

No, era más que eso. En realidad, dudaba del compromiso de Carly con la abogacía. Se había convencido a sí misma de que lo que más deseaba en el mundo era la beca Unicorn pero, en su opinión, por motivos equivocados. La beca era un premio que llevaría a casa para que sus padres se sintieran orgullosos de ella y dudaba que hubiera pensado más allá del día que dijeran su nombre. Dónde la llevase la beca Unicorn no era importante para Carly.

—¿Y qué tal andas de novios? —preguntó, para cambiar de tema. Y sí, también porque quería saberlo.

—No salgo con nadie. No tengo tiempo.

¿Esa respuesta debería haberlo alegrado tanto?

—Entonces, ¿no dejarás a nadie detrás si consigues la beca?

«Solo a ti». Con Lorenzo en el corazón sería difícil convencerlo de que no estaba interesada por nadie...

—A nadie —repitió, evitando su mirada.

—Pero supongo que tus padres te habrán buscado algún novio.

—Sí, bueno, pero a mí no me gustaba la selección.

—Lo dices como si se tratara de una caja de chocolatinas.

—Porque eso es lo que eran. Ellos me presentaban chocolate con fresas y lo que yo buscaba era...

—Chocolate amargo —sugirió él.

–Exactamente. Pero de todas formas no tengo tiempo para hombres, así que da igual.

–¿Seguro que tus padres no saben lo que es mejor para ti?

–Desde luego que no. Eso que llaman «la buena sociedad» puede ser increíblemente aburrido.

–Dímelo a mí –suspiró Lorenzo.

Carly lo miró. Tendría que olvidarse de él. Aquella charla no era algo personal. Sencillamente, Lorenzo estaba tomando notas para su informe.

–Gracias por charlar conmigo. Sé que tienes muchas cosas que hacer...

–Pero necesito que mañana estés en forma –sonrió Lorenzo–. Tus padres deben de estar muy orgullosos de ti, Carly.

–Sí, claro que sí –murmuró ella, sin mirarlo.

–¿Y esta beca significa mucho para ellos?

–Mucho.

–¿Y para ti?

–Pues...

–No necesitas la beca Unicorn. Tus padres deberían sentirse orgullosos de ti por lo que ya has conseguido.

A Carly se le encogió el estómago. ¿Estaba intentando decirle algo?

–Mira, si no vas a darme la beca, prefiero saberlo ahora.

–Sabes que no puedo decirte nada.

–Sí, claro, lo sé.

Carly salió de la cocina con tal cara de pena

que Lorenzo tuvo que hacer un esfuerzo para no seguirla. Esperó hasta que cerró la puerta de su dormitorio y tuvo que contenerse para no dar un puñetazo en la pared.

Se sentía como suspendido entre el trabajo y el placer... con un puente de deseo por medio. Si estaba buscando una receta para el desastre, no podía haber encontrado una mejor.

Capítulo 8

Solo una noche más hasta la fiesta de Navidad. Ese fue su segundo pensamiento nada más despertarse. El primero, como tenía que ver con Lorenzo, estaba censurado.

Carly se quedó en la cama mirando al techo, diciéndose a sí misma que estaba contando los segundos que quedaban para levantarse cuando, en realidad, estaba intentando oír a Lorenzo moviéndose por la casa. ¿Se habría cargado su oportunidad de conseguir la beca después de la charla del día anterior? Eso era algo que solo Lorenzo sabía.

Enterrando la cabeza bajo la almohada, intentó ahogar el sonido de la ducha. No quería imaginarse a Lorenzo desnudo...

El grifo se cerró y ella se incorporó de un salto y apoyó la cara en las rodillas. Tendría que trabajar el doble para demostrarle a Lorenzo que las expectativas de sus padres no eran lo único que la hacía desear la beca Unicorn.

Lorenzo la había llamado por el interfono y Carly acababa de entrar en su despacho.

–Bien, vamos a repasar las listas para la fiesta.
¿Listas? ¿En plural?

–¿Las listas? –repitió Carly, casi sin voz.

–Dejaste este sobre en mi despacho ayer, ¿no?
Y esta nota se te cayó del bolsillo...

–¡No! –gritó ella.

Lorenzo la miró, sorprendido.

–Es un borrador –intentó explicar Carly–. Faltan un montón de cosas...

–¿Faltan cosas? –repitió él, burlón–. ¿Cómo es
posible que falten cosas?

Carly pensó en los dibujitos eróticos que había
hecho... y prácticamente le quitó el papel de las
manos.

–Espero que esta lista no haya llegado a manos
de nadie. Podría corromper las mentes más inocentes –dijo Lorenzo, burlón.

–Lo siento –Carly se levantó de la silla y salió
del despacho como si la persiguiera el diablo.

¿Cómo podía haber pasado? ¿Cómo podía tener tan mala suerte?, se preguntó. No solo pensaría que era una loca del sexo... pensaría también
que estaba mal de la cabeza.

De vuelta en casa por la noche, intentando olvidarse de Lorenzo, Carly decidió hacer un pastel. Un pastel decorado con azúcar verde. El bote
de colorante era tan pequeño y el bol tan grande...
¿quién sabía cuánto había que poner? Al final, le

quedó un pastel enteramente de color verde. A pesar de ello, Carly decidió que quedaría muy bonito como centro de mesa en la fiesta de Navidad.

—¿Un pastel verde? —murmuró Madeline.

—Es muy festivo —dijo Carly. Había despertado interés en cuanto entró con él en la sala donde se celebraría la fiesta. Además, pensaba defender con uñas y dientes el primer pastel que había hecho en su vida.

—Podrías ponerlo en el centro de la mesa —dijo uno de los ujieres.

—Eso es lo que pensaba hacer —sonrió ella.

—Espero que lo tengas todo preparado para esta noche —dijo Madeline—. Porque Lorenzo se ha ido al Juzgado como un oso con dolor de muelas.

—¿Ah, sí?

Estaba muerta. Todo había acabado. Aunque, después de que él hubiera visto la segunda lista, debería haberlo esperado. Se había quedado sin beca.

—Bueno, da igual, lo tengo todo listo.

—¿Qué vas a ponerte?

Carly no pensaba caer en la trampa otra vez.

—Aún no lo he decidido —contestó, pensando en la bronca que iba a echarle Lorenzo cuando volviera.

—¿No crees que deberías decidirlo? —insistió

Madeline, mirando el maletín que Carly llevaba bajo el brazo–. ¿Es el maletín de Lorenzo?

–Pues sí.

–¿Te deja su maletín?

Carly asintió con la cabeza.

–¿Te parece raro?

–No, no... bueno, creo que deberías pensar en el vestido para la fiesta.

–¿Quién ha dicho nada sobre un vestido?

–No pensarás aparecer en pantalones, ¿verdad?

–Madeline, tú sabes que todo lo referente a la fiesta va a ser una sorpresa.

–Una sorpresa, no un susto. Pero si necesitas ayuda...

«No te la pediré a ti, desde luego».

–Gracias.

–Es que he visto un vestido que te iría fenomenal...

–Sí, bueno, ya me lo pensaré –la interrumpió Carly, saliendo de la sala a toda prisa.

Carly sonrió, satisfecha. Estaba lista. Había encargado que llevasen las cosas dos horas antes de la fiesta para poder colocarlas a su manera y, por el momento, todo iba como ella quería.

Y, por suerte, no había visto a Lorenzo. Lo cual era una buena noticia, se dijo mientras dejaba el maletín sobre la mesa. Le había advertido al guardia de seguridad que nadie debía acercarse a la sala hasta que ella estuviera allí. Pero si iba a fracasar iba a hacerlo a lo grande.

¿Cómo podía alguien no comer en todo el día y no adelgazar ni medio kilo? Carly, que había ido corriendo a casa, estaba luchando por meterse en la falda que llevaría a la fiesta; una falda negra de encaje sobre otra de satén color carne. De lejos, daba la impresión de que iba desnuda... aunque no sabía qué la había poseído para pensar que alguien querría verla desnuda. En cualquier caso, la falda no le valía, de modo que la tiró sobre el montón de ropa que se había acumulado sobre la cama.

Estaba desesperada... pero entonces se dio cuenta de que había empezado a nevar. La nieve era una buena noticia porque eso hacía posible que se pusiera montones de ropa que, con un poco de suerte, ocultarían lo que había debajo. Además, si se transformaba a sí misma en algo sin forma y sin sexo, a nadie le importaría cuánto comiese. Sí, estupendo. Cuando no estuviera repartiendo comida estaría comiéndosela.

Había más gente de la que Carly había esperado y todo el mundo parecía muy alegre. Incluida Madeline.

—¡Carly, eres una estrella! —exclamó, consiguiendo al mismo tiempo hacer un gesto de incredulidad–. A nadie más que a ti se le habría ocurrido hacer una fiesta ambientada en los juegos recreativos.

–¿Ah, no?

¿Eso era bueno o malo?, se preguntó Carly. ¿Y dónde estaba Lorenzo? Cuanto antes tuvieran la temida confrontación, mejor. Sabía que ya no había posibilidad de conseguir la beca, pero no sabía qué modo de ejecución elegiría Lorenzo.

–Ahora entiendo que no necesitaras mis consejos de moda. Qué inteligente por tu parte ponerte... eso que llevas. Parece que te has puesto todo el armario.

–Gracias, Madeline –suspiró Carly.

–Lo estoy pasando muy bien. Cervezas, patatas fritas, aceitunas... ¿quién habría pensado que se te ocurriría una idea tan original? –sonrió Madeline, irónica.

–¿Has visto a Lorenzo?

–Pues... ah, espera, se me había olvidado. Quiere que vayas a verlo a su despacho inmediatamente.

–¿Está aquí? –exclamó Carly.

–Lleva dos horas aquí... controlando la organización de la fiesta. No tienes por qué preocuparte, pero debes aceptar que un hombre como Lorenzo no está acostumbrado a este tipo de... celebraciones. Seguro que se le pasará.

–¿Está muy enfadado?

–¿Quién sabe? Lorenzo nunca muestra sus sentimientos. Pero supongo que eso tú ya lo sabes.

Desde luego que lo sabía.

–En fin, da igual –siguió Madeline–. Al menos yo lo estoy pasando bien. Tengo que apuntarme al concurso de billar. ¡O a lo mejor me apunto al concurso de dardos!

Carly sabía que no había manera de escapar. Solo le importaba la opinión de una persona y esa persona estaba esperándola en su despacho.

Carly vaciló durante un segundo antes de llamar a la puerta.

–Entra –oyó la voz de su tutor.

Sentado detrás de su escritorio, Lorenzo estaba tan serio como siempre.

–Antes de que digas nada...

–Me gustaría felicitarte –la interrumpió él–. Tu fiesta es un éxito; todo el mundo lo está pasando bien. Y, si no fuera por esto –añadió, señalando la famosa lista–, estaría contento del todo.

–Solo puedo pedirte disculpas... era una broma.

–Ya, claro. Cierra la puerta, por favor.

Carly obedeció y luego se volvió hacia él de nuevo, esperando la sentencia.

–Lo siento mucho, de verdad... he hecho lo que he podido y si no te gusta...

–¿Tendré que aguantarme? –la interrumpió él, levantándose–. ¿Qué llevas puesto, por cierto? No es precisamente un vestido de fiesta.

–No, verás...

–Deberías empezar a quitarte algunas capas de

ropa, ¿no te parece? Este chal, por ejemplo, no es necesario porque tenemos calefacción.

–No he tenido tiempo de quitármelo. Mira, ya sé que lo mío no es la moda, pero...

–¿Pero qué? ¿Te has comprado todos los jerséis que había en la tienda?

Sí, bueno, quizá se había puesto demasiados. Carly contuvo un gemido cuando un jersey después de otro acabaron en el suelo.

–¿Qué es esto, una camisa gigante?

–No es una camisa, es una abaya. La compré el año pasado.

–Pues parece una tienda de beduinos. ¿Seguro que era una boutique?

–Seguro –contestó Carly.

–Pues esto no puede ser, *señorita Tate*. Aparte del mal gusto para elegir la ropa, te has cargado la primera regla de tu lista. ¿O era la segunda? ¿Recuerdas la regla a la que me refiero?

–Claro que sí –respondió ella–. Llegar temprano y saludar inmediatamente a tu superior...

–Pero no has venido a saludar a tu superior. Llevo mucho rato esperando.

Carly contuvo el aliento cuando Lorenzo empezó a desabrochar los lazos de la tradicional camisa que llevaba bajo la abaya.

–Esto también es muy feo. Tendrás que quitártelo.

–Lo siento mucho. Necesito ayuda... una experta en tendencias o algo así.

–Olvidemos ese problema por el momento y concentrémonos en tus reglas. Me gusta esta, por ejemplo: *Debéis estar atentos a todo y mantener una sonrisa en los labios* –dijo Lorenzo–. ¿Y bien? ¿Qué tiene que decir sobre eso, *señorita Tate*?

Carly contuvo un gemido cuando la camisa cayó al suelo.

Capítulo 9

ESCRIBÍ esas reglas solo como... sugerencias –le recordó Carly–. Como tú mismo dijiste, eran para ayudar a los que tenían menos experiencia...

–¿Te están ayudando a ti? –preguntó Lorenzo, mientras intentaba quitarle otra camisa.

–¿Se puede saber qué haces?

–¿No lo sabes?

Sus caras estaban muy cerca y el cálido aliento de Lorenzo la hacía sentir escalofríos.

–¿Ahora te sientes más fresca?

¿Estaba de broma?

–¿Quieres que pare?

«Solo si tú quieres hacerlo», pensó Carly.

–No te atrevas –se atrevió a decir, sin embargo.

Lorenzo la empujó suavemente contra la puerta.

–¿Exactamente cuántas prendas llevas?

–Unas cuantas.

–Pues debes de estar ardiendo.

«No tienes ni idea».

–Lo mejor que podemos hacer es quitártelo todo.

–¿Y la fiesta?

–Las mejores fiestas marchan solas... y tú has organizado una estupenda.

–Qué alivio...

–Desde luego. ¿Qué es esto, una camiseta térmica?

–Pues... me temo que sí.

–¿Te la quitas tú o te la quito yo?

Carly dudó un momento y luego, en lugar de quitarse la camiseta, empezó a quitarle la corbata.

–Vaya, señorita Tate... tiene usted mucha cara.

–Me parece que estoy empezando a entender el juego.

–Siempre supe que eras una buena estudiante – Lorenzo le quitó la camiseta mientras ella desabrochaba su chaleco–. Ah, esto está muy bien – dijo luego, al descubrir una camisola de satén azul.

Carly se cruzó de brazos para taparse el escote. La camisola de satén era tan fina que no escondía nada.

–Qué interesante –observó Lorenzo– que, a pesar de llevar puesto todo lo que había en tu armario, se te haya olvidado ponerte un sujetador.

–Es que aprietan demasiado.

–Por fin estamos de acuerdo en algo –sonrió él–. Pero debería advertirte que un comportamiento inapropiado durante la fiesta de Navidad podría limitar tu carrera.

–Mientras que dar un beso en los labios como Dios manda puede ayudarte a aprobar –siguió

Carly, con una sonrisa casi tan perversa como la de Lorenzo.

Él la obligó a abrir los brazos y la miró a placer.

—Esa lista era estupenda. Me ha dado muchas pistas sobre lo que te gusta.

—¿Las necesitabas?

Lorenzo estaba concentrado en acariciar sus pechos por encima de la camisola...

—No, la verdad es que no —murmuró.

—Pero leíste la lista equivocada.

—Yo leo todas las listas —musitó Lorenzo, sobre sus labios—. Ya sabes que soy un hombre muy concienzudo.

—Cuento con ello —dijo Carly.

Sonriendo, Lorenzo la llevó de espaldas hasta una mesa Linley de madera labrada y la sentó sobre ella.

—Mi única queja...

—¿Sí? —murmuró Carly, ansiosa.

—Es que hay cosas mucho mejores que bailar sobre una mesa.

—Las noches alegres acaban siendo mañanas tristes...

—No necesariamente.

Carly desabrochó los botones de su camisa mientras él la besaba. Lorenzo seguía bromeando sobre lo que había escrito en aquella lista cuando Carly bajó la cremallera de su pantalón. Su voz ronca la volvía loca, como lo hacía el brillo de sus

ojos. Y su torso desnudo... Carly lo exploró ansio-
samente con los dedos. Era como bronce bruñido,
como una estatua de Miguel Ángel, un cuerpo hecho para el pecado...

Cuando su camisola y sus bragas desaparecie-
ron como por arte de magia, cayeron uno sobre el
otro como dos lobos hambrientos. Lorenzo sabía
de maravilla y ella también, a juzgar por sus hú-
medos besos en el cuello.

Carly dejó escapar un suspiro de desilusión
cuando él dejó de tocarla para sacar un paquetito
del bolsillo.

—No serás...

—¿Virgen?, no —le confirmó ella, conteniendo
un grito de excitación cuando Lorenzo agarró fir-
memente sus nalgas—. Pero tú debiste de ser boy
scout.

—¿Boy scout?

—«Siempre preparado».

—Es lo mejor —sonrió Lorenzo, colocándose entre sus muslos.

Estaba completamente a su merced en ese momento, desnuda, jadeando de deseo.

—Oh...

—Deliciosa —musitó él.

—¿Deliciosa?

—Tienes carne donde debes tenerla y estás ju-
gosa como una fruta madura...

—Te juro que si paras ahora... si me haces esperar...

–¿Qué?

–He esperado más que suficiente –murmuró Carly. Y luego tuvo que dejar de hablar porque Lorenzo estaba empujando cada vez más deprisa, sujetando sus nalgas con ambas manos.

Debería haberlo imaginado la primera vez que vio sus zapatos, pensó. Si los pies eran un indicador, Lorenzo tenía que ser enorme. Pero era más que eso. Y, sobre todo, sabía lo que tenía que hacer. Ella estaba preparada para tomar parte activa en el asunto, pero con un hombre como aquel lo mejor era relajarse y disfrutar.

Y eso hizo.

No sabía que un hombre pudiera abrirla así sin hacerle daño. Lorenzo era ardiente, duro, enorme.

–Eres increíble –suspiró.

–Solo estoy siguiendo tu consejo: las primeras impresiones importan –dijo él, con voz ronca.

–Ah, sí, sí –gimió Carly–. Pero no salgas del edificio por ahora.

–Cuando me marche me iré contigo –musitó Lorenzo, apretando sus nalgas con fuerza.

–No puedo aguantar más...

–No tienes que hacerlo.

Carly empezó a mover las caderas para recibir sus poderosos envites, clavando las uñas en su espalda y mordiéndole un hombro como una gata.

–¡Más rápido, más fuerte, más...! –le ordenó, antes de llegar al orgasmo. El orgasmo más fuerte, más salvaje que había sentido nunca.

Le pareció que tardaba una eternidad en terminar y, cuando lo hizo, cayó sobre su pecho, agotada.

—¿Mejor ahora?

—Más o menos —suspiró Carly. Lorenzo volvió a besarla apasionadamente—. ¿Lo has dicho en serio?

—¿A qué te refieres?

—Lo de irnos juntos...

—No he dicho nada más en serio en toda mi vida —Lorenzo tomó su cara entre las manos y volvió a besarla.

La hacía sentirse especial, pero no debía acostumbrarse. Aquello no podía durar. Era imposible.

—Supongo que querrás volver a la fiesta...

Lorenzo puso un dedo sobre sus labios y luego reemplazó el dedo con la boca.

—En fin, tienes razón. Será mejor que me vaya —dijo después.

—¿Tienes que hacerlo?

Él soltó una carcajada.

Nada le gustaría más que dejarse llevar por la tentación. Carly Tate era todo lo que había imaginado y más.

Caro Dio! Era una mujer de verdad, con pechos de verdad, con un buen trasero y buenas caderas. Lo tenía todo, incluido un apetito como el suyo. Era perfecta, mejor que perfecta. Y aquel no era el final, sino el principio. Después de lo que había pasado estaba deseando tenerla en su cama.

Pero, desgraciadamente, debían volver a la fiesta.

—¿Por qué no te duchas en mi cuarto de baño? Yo lo haré en los baños de profesores... y luego volveremos juntos a la fiesta y celebraremos tu éxito.

Carly estaba tan emocionada que tardó un momento en ver lo que colgaba en la puerta del baño. ¿Cómo podía alguien ser tan cruel?

—Lorenzo...

—¿Sí?

—¿Qué es esto? —le preguntó, intentando no llorar.

—¿Qué? Ah, eso...

Era un fabuloso vestido de Chloe envuelto todavía en papel de celofán. Era el vestido más bonito que había visto en toda su vida. De seda azul, sin mangas, con una falda que caía por encima de las rodillas. Era delicadísimo, una joya. Un vestido que solo una mujer delgada podría ponerse.

—¿No te gusta? A mí me pareció muy bonito. He tardado mucho tiempo en elegirlo, pero si no te gusta...

—¿Cómo?

—Es para ti, tonta.

—¿Para mí?

—Pues claro. No hay nadie más por aquí, ¿no?

Le había comprado un vestido. Un vestido de diseño. Pero esos vestidos estaban hechos para mujeres altas, elegantes, delgadas...

–No puedo ponérmelo...

–¿Por qué no? Anda, ve a darte una ducha. Y llámame si tienes problemas para ponértelo. En la esquina hay unos zapatos a juego...

–¿Y cómo sabías mi número? –exclamó Carly.

–No lo sabía. Entré en tu dormitorio y miré un par de zapatos. ¿Qué pasa, Carly? Vas a estar preciosa... ¿ese es el problema? ¿Sigues queriendo esconderte bajo dos toneladas de ropa? Yo creo que ya es hora de mostrar esa fabulosa figura que tienes. Debes entrar en la fiesta con la cabeza bien alta...

–Ya sé que soy alta –murmuró ella con cara de pena.

Y, por eso, su madre le había aconsejado que usara siempre zapatos planos.

–Carly, eres preciosa –dijo Lorenzo entonces, mirándola a los ojos–. ¿Por qué no me crees? He elegido ese vestido para ti porque sabía que te quedaría de maravilla. Si yo te digo que eres preciosa, es porque lo eres. Tienes que creerme...

Luego la besó en los labios, en la frente, en el cuello.

–Eres preciosa –repitió–. *Sei una donna bellissima*. Y ahora, date una ducha antes de que la gente empiece a preguntarse dónde nos hemos metido.

Después de ducharse, Carly miró el fabuloso vestido, pero le daba miedo ponérselo. Se había dejado el pelo suelto, como Lorenzo le había pedido, de modo que ahora flotaba sobre sus hombros. Los rizos pelirrojos parecían haber cobrado vida propia y era una vida que desafiaba sus intentos de sujetarlos.

Con los zapatos de tacón parecía medir dos metros, pero... estaba tan emocionada como el día que aprobó su primer examen.

–¡Venga, a la porra!

Carly se puso el vestido. Si tenía que hacer el ridículo aquella noche, lo mejor sería terminar cuanto antes.

El vestido flotaba a su alrededor como una nube y la tela acariciaba sus curvas como si se lo hubieran hecho a medida. El color no podía sentarle mejor a su tono de piel y a su pelo... Carly se miró al espejo, atónita. Era como si la hubieran transformado. Ella nunca se había puesto un vestido así. Nunca se le habría ocurrido comprar uno. ¿Para qué iba a hacerlo? Jamás se había puesto nada que abrazase su figura en lugar de ocultarla.

–¿Puedo pasar? –preguntó Lorenzo.

–Si puedo abrocharme el vestido...

–Espera, yo te ayudo.

–¿Estoy guapa?

–*Dio mio!* ¿Te había dicho que eras preciosa? Eres exquisita. Eres la mujer más hermosa que he visto en mi vida...

–Lorenzo...

–Lo digo completamente en serio. ¿Dónde te habías escondido?

–No sé si la cremallera...

–Mira, ya está –poniendo las dos manos sobre sus hombros, Lorenzo le dio un beso en la nariz–. El vestido te queda de maravilla y yo voy a ser el hombre más orgulloso de la fiesta...

–Eres el hombre más bueno que conozco.

–¿Bueno? Alguien debería decirte que cuando un hombre le compra un regalo a una mujer siempre hay cierto egoísmo por su parte. Venga, ¿a qué estás esperando?

¿Qué hacía un hombre como Lorenzo Domenico con ella?, se preguntó Carly mientras lo tomaba del brazo. Era tan diferente del resto de los hombres que conocía... Lorenzo, con sus calcetines de colores, se atrevía a ser diferente. Y eso era lo que más le gustaba de él.

Lo amaba, pensó entonces. No era su imaginación, ni un capricho pasajero. Estaba enamorada de él. Se había enamorado de Lorenzo Domenico.

Capítulo 10

OH, NO, mi pastel... –Carly miró la mesa con cara de angustia. –
A mí me parece muy bonito.

–Pero no lo ha tocado nadie. Nadie se atreve a probar un pastel verde.

–Yo sí me atrevo.

–La verdad es que no parece muy atractivo con esta luz...

–Razón de más para comerlo deprisa –se rio él–. ¿Por qué no me cortas un trozo? Seguro que así todo el mundo hará lo mismo.

El pastel casi llegó al plato, casi. Porque, con los nervios, se le cayó al suelo.

–Ay, lo siento.

–¿Qué sientes?

«Ser tan torpe», pensó Carly. «No haberme puesto a dieta, haber olvidado taparme las pecas con maquillaje antes de salir de casa». La lista era interminable.

–No saber cocinar –suspiró, sin saber qué decir.

–Hay clases para eso.

—No, clases de cocina no, por favor —suplicó Carly, temiendo por lo que quedaba de su cintura.

—No quiero que adelgaces.

—No hay peligro de eso, te lo aseguro.

—¿No te has dado cuenta de que la gente nos mira?

—Se estarán preguntando por qué me he cambiado de ropa.

—No, no lo creo —dijo Lorenzo—. Piensan, como yo, que es estupendo verte tan feliz y tan guapa...

—Si sigues así, me voy a poner aún más gorda.

—Tú no estás gorda.

—Sí, bueno...

—¿Por qué no disfrutas de tu triunfo, Carly?

—Sí, tienes razón —sonrió ella.

Al final, la fiesta fue declarada un éxito, como Lorenzo había predicho. Todo el mundo dijo que, en el futuro, los eventos sociales debería organizarlos Carly.

En cuanto a ella, lo que lamentaba era que, si no conseguía la beca, no estaría por allí para organizar nada.

—Esta noche has hecho un milagro. Con el ridículo presupuesto que te di has organizado una fiesta en la que todo el mundo lo ha pasado bien. Y eso no es fácil. A partir de ahora todo lo que hagas será bien recibido...

—Lo dices como si hubiera futuro para mí en la universidad.

—Tú puedes hacer lo que te propongas, en cualquier campo —dijo Lorenzo entonces, poniéndose serio.

Una campanita de alarma sonó en el cerebro de Carly, pero no quería estropear el momento hablando de la beca.

—Haces que todo suene tan fácil, tan romántico.

—Un profesional no habría podido hacerlo mejor —insistió él—. Solo digo que tienes toda la vida por delante. Y ahora deja de jugar con la llave y abre la puerta de una vez.

—Qué impaciente.

—Hay cosas que no pueden esperar y tú eres una de ellas.

Pero lo primero que Carly vio cuando abrió la puerta fue una carta de su madre en el suelo.

—Déjalo. Ya la leerás mañana —sonrió él, tirando de su mano.

Al principio no podía dejar de pensar en la carta. Estaba demasiado tensa, pero Lorenzo se encargó de hacer que la olvidara.

Se encargó de todas las maneras posibles. En su habitación. Y allí Carly se mostró más valiente que en el despacho, levantando las piernas y enredándolas alrededor de su cuello. Lorenzo sujetaba su trasero, acariciándola suavemente mientras la penetraba una y otra vez.

—¿Te gusta? —murmuró con voz ronca.

–Mucho –consiguió jadear ella, sin aliento.

Lorenzo parecía saber todo lo que le gustaba por instinto. Se tomaba su tiempo, apartándose del todo para que volviera a sentir el placer de recibirlo una y otra vez. Afortunadamente su cama era muy grande, ya que le había prometido probar todas las posturas hasta que encontrase la que más le gustaba.

–Avariciosa –murmuró, poniendo un dedo sobre sus labios.

–Lo dices como un halago.

–Lo es... –musitó él, sin dejar de moverse hasta que Carly empezó a levantar las caderas convulsivamente–. Cuando te lo diga, déjate llevar, del todo. Será más fuerte, más grande y más aterrador de lo que hayas sentido jamás.

–Te creo...

Carly se abrió todo lo que pudo para él, sin esconderle nada.

–¡Ahora! –jadeó Lorenzo. Pero aquella vez no paró cuando ella se dejó ir. Siguió moviéndose, despacio al principio y casi con violencia después. Cuando llegó el momento fue como una explosión de placer y ella gritó con algo que era muy parecido al miedo. Lorenzo la miró entonces y supo que nunca disfrutaría más del sexo. Necesitaba aquello...

La necesitaba a ella.

Sorprendido, sacudió la cabeza. Lo que necesitaba era sexo, pura y simplemente.

Necesitaba a Carly.

Esas palabras no dejaban de repetirse en su cerebro...

—¿Nunca necesitas descansar? —preguntó ella.

—Si ya te has cansado...

—¡Yo no he dicho eso! —exclamó Carly, levantando los brazos sobre su cabeza en un gesto seductor—. Solo pensaba que necesitarías recargar las pilas.

—No sé qué clase de pilas usas tú, pero sugiero que cambies de marca.

—Me parece que acabo de hacerlo.

—Me alegro —se rio Lorenzo—. ¿Por qué no te relajas y me dejas hacer a mí?

Esa era la clase de orden que Carly estaba más que dispuesta a obedecer.

Mucho, mucho más tarde, Lorenzo sugirió que se dieran una ducha juntos.

—Y después, te invito a tomar chocolate y champán.

—Me encanta la sugerencia.

—Y más tarde...

—Eres insaciable —se rio Carly.

—¿No te alegras?

—No me quejo —le aseguró ella mientras entraban en el baño—. Solo era una observación...

Ya no pudo decir más porque Lorenzo la apretó contra la pared. El contraste entre el agua caliente y los fríos baldosines creaba una sensación muy excitante.

—Eres asombroso —murmuró mientras Lorenzo la penetraba.

—Y tú eres muy lista —sonrió él, perverso.

—¿Tomamos bombones y champán en la cama? —sugirió Lorenzo después.

—Pero si acabamos de ducharnos...

—La mitad de la diversión es ensuciarse y lavarse luego... para volver a ensuciarse otra vez —se rio Lorenzo—. ¿Traigo los bombones?

—Desde luego, sabes cómo llegar al corazón de una mujer.

—Mientras sepa llegar al tuyo...

¿Lo decía en serio? Carly apoyó la cabeza en la almohada cuando Lorenzo salió de la habitación. No, claro que no. Palabras, besos, risas, todo eso era fácil para él. Pero hablar de sentimientos...

Cuando volvió con una bandeja, Carly forzó una sonrisa. La verdad era que tanta actividad le había abierto el apetito.

—De Ladurée, la mejor bombonería de París. Los he pedido especialmente para ti.

—Sí, seguro.

—No, en serio —insistió él—. Como recompensa por organizar la fiesta de Navidad. Y eso antes de saber que sería un éxito. ¿Lo ves? No soy tan malo.

—Yo nunca he dicho...

–Espera, esto es un experimento para mí y necesito toda tu concentración –la interrumpió Lorenzo, tomando un bombón de la caja.

Carly intentó disimular una sonrisa mientras se miraban el uno al otro, pero fracasó.

–Concéntrate, boba. Cierra los ojos y abre la boca.

Ella obedeció y Lorenzo metió un delicioso bombón entre sus labios. Y luego le dio un sorbito de champán.

–Mmmm, qué rico.

–Tú estás mucho más rica, cariño.

Sus buenas intenciones se habían ido al infierno, tuvo que aceptar Lorenzo cuando Carly se quedó dormida entre sus brazos. Aquello debía ser una aventura, algo sin ataduras, sin promesas de futuro. Pero no estaba seguro de poder pensar con claridad cuando la tenía cerca.

De lo único que estaba seguro era de que no volvería a tener alumnas. Lo que haría sería buscar una orden monacal y esperar que necesitasen representación legal.

–Lorenzo...

Su inquietud la había despertado. Carly parecía intuir esas cosas.

–¿Qué, *cara mia*?

Mientras la miraba a los ojos sintió la tentación de decirle todo lo que había estado pensando. Pe-

ro... ¿cómo iba a hacerlo si eso removería los ci-
mientos de su vida?

—¿Te pasa algo?

—Nada, cariño —sonrió Lorenzo, apretándola
contra su corazón. Habiendo visto cómo aumentaba la confianza de Carly en sí misma, no se atrevía a destruirla.

Capítulo 11

TRES DÍAS más tarde, Carly fue temprano a la oficina para enfrentarse a la entrevista final; la que iba a decidir si recibía la beca o no. La entrevista tendría lugar delante de un tribunal de jueces y abogados elegidos por Lorenzo, a quien no había visto mucho desde la noche de la fiesta. Estaba tan nerviosa que decidió no hablar con nadie hasta que hubiera terminado, de modo que apagó el móvil.

En realidad, habría preferido estar en cualquier otra parte. Nunca se había sentido más aprensiva por una entrevista, quizá porque había intuido lo que Lorenzo no quería decirle: que por muy bien preparada que estuviera no sería suficiente.

La entrevista fue un desastre. Cuando salió de la sala, ni siquiera sabía si quería dedicarse al Derecho. Haciendo una bola con la carta de su madre, Carly se preparó a sí misma para la fatídica llamada de teléfono.

Y lo peor de todo era que Lorenzo la había decepcionado por completo. No había aparecido en la entrevista. Ni siquiera se había molestado en pasar por su oficina para desearle buena suerte. Carly había sabido desde el principio que su aventura con Lorenzo era solo eso, una aventura; ella estaba enamorada, pero él no. Había tenido los ojos abiertos desde el principio, pero tendría que darle una explicación sobre su ausencia.

Carly marcó el número de su casa, pero no pudo decir una palabra porque su madre empezó a contarle que todo el mundo estaba esperando la buena noticia...

—No la he conseguido.

—Tu padre ya ha abierto el champán...

—Mamá, por favor, escúchame. No me han dado la beca.

—¿Qué has dicho?

—Que no me la han dado. No he pasado la entrevista —repitió Carly, sabiendo el disgusto que le estaba dando.

—¿Cómo? —exclamó su madre—. ¿Que no te han dado la beca?

—Ha sido culpa mía. No he hecho bien la entrevista...

—¿Eso es todo lo que tienes que decir? ¿No te importa lo que esto significa para nosotros?

—Lo siento... no sé qué más puedo decir.

—Tiene que ser un error —insistió su madre—. Tú nunca haces mal las entrevistas. ¡Lo has hecho a propósito, para hacerme daño!

–Lo siento mucho... ¿puedo hablar con papá?

–Tú sabes el disgusto que se va a llevar, ¿no? Espero que hayas leído mi carta. Ya te dije que estaba muy estresado...

–¿Sería mejor que fuera a casa para decírselo en persona?

–No. Yo creo que lo mejor es que te quedes en Londres un tiempo, hasta que todo esto haya pasado.

–Muy bien... –Carly se mordió los labios cuando su madre colgó sin decir una palabra más.

Cubriéndose la cara con las manos, dejó escapar un suspiro. No tenía sentido seguir pensando en ello. Había fracasado y tenía que seguir adelante por mucho que le doliera. Y aquello le dolía de verdad. Uno de los jueces le había dicho que su tutor había decidido retirarse del tribunal.

¡O más bien, había huido de un barco que se hundía!

Lorenzo caminaba a toda prisa por la tienda, con una experta en moda del establecimiento siguiéndole los pasos. Sabía lo que la beca significaba para Carly y estaba decidido a suavizar el golpe.

Pero había renunciado a formar parte del tribunal. No podía estar de acuerdo con algo que no iba a hacerla feliz. Al final, los jueces del tribunal habían llegado a la misma conclusión que él: el corazón de Carly no estaba en el Derecho. Durante la entrevista había hablado mucho de sus padres, pero poco de sí misma. En realidad, no quería dedicarse a ejercer la abogacía; el problema era que ella aún no se había dado cuenta.

Había conocido a muchos alumnos como ella. Chicos y chicas que estudiaban Derecho porque seguían un itinerario cuidadosamente trazado por sus padres... pero Carly se merecía algo más que eso. Había intentado ponerse en contacto con ella por teléfono, pero lo tenía apagado. Y entendía que quisiera estar sola.

El apartamento estaba vacío cuando volvió. Louisa se había ido a casa a pasar la Navidad y Lorenzo...

Lorenzo prácticamente se había mudado.

Se le encogió el estómago cuando vio que apenas quedaba nada suyo en la habitación. Sabía que ya habían reparado su apartamento, pero no sabía que fuera a mudarse sin decirle nada. Apoyándose en la pared, Carly se abrazó a sí misma, suspirando. Qué tonta era. Se había acostado con un hombre que tenía su destino en las manos, un hombre a quien no le importaba nada. Y ahora había perdido la beca.

La beca... Carly tuvo que cerrar los ojos, recordando aquel momento de iluminación. De repente, había entendido que no le interesaba nada la beca Unicorn. Lo que quería era complacer a sus padres. Lo que quería era a Lorenzo y una vida en la que sintiera que hacía algo, que aportaba algo. Pero no sabía qué podía ser ese algo.

Los chicos de la oficina se habían mostrado muy amables con ella cuando les contó que no había pasado la entrevista.

–¿Por qué no te dedicas a organizar fiestas? Eso se te da muy bien.

Carly se había reído, pero enseguida se dio cuenta de que lo decían en serio.

¿Organizadora de fiestas?

No, qué tontería. La fiesta de Navidad había sido cosa de una sola vez. Como Lorenzo.

Y, como Lorenzo, no se repetiría nunca, pensó, encendiendo el móvil. Al hacerlo, vio que había siete llamadas perdidas. Todas de él. Frunciendo el ceño marcó su número, pero no obtuvo respuesta. ¿Debía dejarle un mensaje? No se le ocurría ninguno... ninguno suficientemente educado.

Deseando hablar con él cara a cara, Carly fue a su apartamento, donde el olor a pintura fresca la asaltó nada más salir del ascensor. El ascensor privado, reservado para el propietario del ático. El conserje había comprobado su documentación concienzudamente antes de permitirle subir.

El señor Domenico había salido, le dijo, pero había un buzón en el rellano del ático donde podía dejar la carpeta llena de «documentos importantes» que llevaba.

Documentos importantes... Carly había guardado en una carpeta todos los folios que encontró en casa y después la ató con la cintita rosa que, tradicionalmente, usaban los abogados en Londres. La carpeta fue su pasaporte para llegar al ático.

El rellano era impresionante, de modo que el apartamento de Lorenzo, con las mejores vistas de Londres, debía de ser muy lujoso, pensó Carly mientras llamaba al timbre.

No estaba en casa. Lo había sabido enseguida porque allí faltaba su energía.

Entonces miró alrededor, sin saber qué hacer. A pesar del lujo, a aquel sitio le faltaba el calor de un hogar. Era un ático nuevo en un edificio de nueva construcción. No olía a comida, no había arañazos en las paredes, ni una sola mancha en el suelo de mármol... Todo estaba limpio, inmaculado, sin alma.

De repente, Carly pensó en un hogar, un sitio lleno de cariño, de recuerdos, de amor. Amor y cariño, esos eran los ingredientes mágicos que faltaban. Pero quizá aquello era suficiente para él, su jaula dorada. Los hombres medían el éxito por la cantidad de dinero, de posesiones que adquirían. Las mujeres intentaban hacer un nido, llenar su casa de recuerdos...

Después de tirar los folios a la papelera, Carly

metió en el buzón el regalo que le había comprado. No quería conservarlo y tampoco se atrevía a tirarlo a la basura. No valía mucho, pero le habría comprado un regalo a su tutor por Navidad en cualquier caso, de modo que...

Después decidió bajar por la escalera. ¿Para qué ir deprisa si tenía dos semanas antes de que volviesen a abrir los Juzgados? Claro que su sueño de ser abogado había muerto; ahora solo podría ser secretaria legal, pasante de otro abogado...

Un futuro nada halagüeño.

El olor a pintura le llegó en cuanto abrió la puerta. Tras tirar la chaqueta en el sofá, Lorenzo abrió todas las ventanas. Lo mejor para que se fuera el olor sería hacer café o ponerse a cocinar algo.

Solo faltaba una cosa, una persona; su compañera, Carly Tate. Echaba de menos sus discusiones... y sus revolcones en la cama, pero no la perseguiría. Sabía que estaría furiosa con él, que necesitaba tiempo para considerar la sugerencia que le había hecho en su carta. Seguramente al principio no se lo tomaría bien; quizá nunca lo haría, pero había tenido que decirle lo que sentía.

Carly se dio la vuelta cuando ya había hecho la mitad del camino. No pensaba aceptar lo que había pasado sin hablar con él. Si era necesario, se sentaría en la puerta del ático hasta que volviera. Lorenzo tenía que darle una explicación. Aunque no podía creer que un hombre como Lorenzo Domenico le hubiera comprado un vestido fabuloso solo para que se acostase con él.

¿Quién necesitaba un incentivo para acostarse con Lorenzo?

No, él tenía más estilo.

¿Habría otra mujer, quizá? Carly pensó en Madeline. No, no recordaba que Lorenzo la hubiera mirado ni una sola vez. O quizá ella no podía soportar pensar eso después de...

¿Después de qué? ¿Entre Lorenzo y ella había habido algo más que sexo?

–¡Carly! –exclamó Madeline, abriendo la puerta con una copa de champán en la mano–. Qué sorpresa.

No tanto como para ella. Bueno, si iba a hacer el mayor ridículo de su vida, ya podía empezar.

–¿Está en casa?

–Está en la cocina. ¿Quieres que lo llame?

De modo que Madeline y Lorenzo tenían una relación. Jamás lo habría imaginado. Y era tan doloroso, tan terrible... qué tonta había sido. ¿Cómo no se había dado cuenta?

–Me han dado la beca. ¿Lo sabías? –sonrió Madeline.

–Tú... –apretando los labios, Carly asintió con la cabeza–. Qué buena noticia. Me alegro por ti.

Pero cuando Madeline fue a la cocina para llamar a Lorenzo, aprovechó la oportunidad para escapar. No necesitaba que nadie le explicara la situación. Estaba bien claro. Oyó que Lorenzo decía algo, pero no pudo entenderlo. Lo que sí entendió fue la respuesta de Madeline:

–Ah, no era nada importante. Además, ya se ha ido...

No era *nadie* importante, pensó Carly, paseando por la orilla del Támesis. El río se movía despacio hacia el mar, con sus aguas grises reflejando un cielo del mismo color. Ahora se daba cuenta de que había sido demasiado ingenua. Demasiado inocente, demasiado gorda...

–¿Carly?

–¡Lorenzo! ¿Qué haces aquí?

–¿Es tu puente particular? –sonrió él–. ¿Qué haces tú aquí, Carly? Espero que no hayas decidido darte un baño.

Ella tragó saliva. Quería matarlo. Quería echarse en sus brazos... y matarlo.

–Te he visto por la ventana. ¿Dónde has estado?

–¿Que *dónde he* estado?

–Ven conmigo. Estás helada.

–No pienso ir contigo a ningún sitio.

–¿He dicho yo que pudieras elegir?

¿Ir a su casa y que Madeline la mirase por encima del hombro? No, de eso nada.

—¡Lorenzo! Suéltame.

—He dejado una salsa al fuego y que Dios te perdone si se me quema.

Carly intentó soltarse pero, al final, pensó que si iba con él al menos podría decirle lo que pensaba.

Capítulo 12

LORENZO miró su apartamento con orgullo.

–Bueno, ¿qué te parece?

¿Qué le parecía? ¡Pero si todavía podía oler el perfume de Madeline!

–¿Dónde está tu amiga?

–¿Mi amiga? –repitió Lorenzo–. ¿Te refieres a Madeline?

–¿Dónde está, en tu cama?

–¿Por qué tengo la impresión de que estás enfadada conmigo?

–¿Y por qué tengo yo la impresión de que se te está quemando la salsa?

Lorenzo corrió a la cocina, pero cuando apartó la cacerola se quemó la mano y soltó una palabrota.

–¿Demasiado caliente para ti?

–Hoy estás muy graciosa, Carly.

–¿No me digas? –replicó ella, airada–. ¿Dónde has estado hoy mientras me entrevistaban? ¿Estabas demasiado ocupado entrenando a Madeline para que pasara la entrevista...?

–¿Estás celosa de Madeline?

–¡No digas tonterías! Y no cambies de conversación. Deberías haber estado allí, Lorenzo. Tú eres mi tutor y el presidente del programa de becas...

–Lo cual es razón más que suficiente para no aparecer por el tribunal, ¿no te parece?

–¡No, no me parece! Si pensabas que nuestra relación afectaría a la beca, ¿por qué no me lo dijiste antes?

–Porque no pude hablar contigo. Te llamé, pero habías apagado el móvil...

–¿Y no se te ocurrió pensar que querría verte antes de hablar con el tribunal?

–Mira, ya me estoy hartando –Lorenzo dio un paso adelante y la agarró por los hombros–. Mírame, Carly.

Nunca en su vida había deseado tanto besar a una mujer, pero no podía hacerlo.

–¡Suéltame!

Él obedeció, sin decir nada.

–Madeline no está aquí. Vino para decirme que había conseguido la beca y abrí una botella de champán para celebrarlo, nada más. Y luego se marchó. En realidad, ya estaba un poquito achispada cuando llegó.

Sí, Carly podía creerlo. Madeline haría lo que fuera para conseguir la beca y, si para eso tenía que conquistar a Lorenzo, no lo dudaría ni un instante. Era ese tipo de persona.

–¿No has leído mi carta?

–¿Qué carta?

—¿No volviste a tu oficina después de la entrevista?

Carly se encogió de hombros.

—No me apetecía. Bueno, volví para llamar por teléfono... pero no me fijé en lo que había en la mesa.

—¿Entonces no sabes que he renunciado a presidir el comité?

—¿Qué? ¿Por qué has hecho eso?

—¿Es que no lo sabes?

—No...

—Porque tú eres más importante para mí que cualquier otra cosa. No me preguntes por qué.

—¿Qué estás diciendo, Lorenzo?

—Que decidí dejarlo antes de que esto se convirtiera en un escándalo.

—¿Qué escándalo?

—Este escándalo —contestó Lorenzo, atrayéndola hacia su pecho—. No sabía si habría un escándalo, pero no quería arriesgarme. Tú eres lo que me importa, Carly. Tú y tu futuro. Quiero lo mejor para ti...

—¿Y crees que vas a decidir mi futuro a partir de ahora? —exclamó ella, intentando apartarse. Pero Lorenzo no la dejó. No pensaba dejarla escapar.

—*Santo Dio!* Cuánto te he echado de menos —murmuró, buscando sus labios. Carly estuvo a punto de apartarse pero, al final, tuvo que rendirse.

—¿Por qué lo has hecho? ¿Por qué me has besado?

—No lo sé. Un ataque de pasión, supongo.

Carly dejó escapar un largo suspiro.

—No me trates como a una niña. No puedes tomarme y dejarme cuando te apetezca.

—¿Quién ha dicho nada de dejarte?

—Te necesito, Lorenzo. Necesito tu apoyo...

—Te dejé una carta explicándote que volvía a mi apartamento... y luego me fui de compras.

—¿De compras? —repitió ella, incrédula.

—Las Navidades —le recordó Lorenzo—. Pensé que habrías leído la carta y sabrías lo de mi renuncia. Pensé que necesitabas estar sola un rato y también que te irías a casa a pasar la Navidad.

Por lo visto, no sería así, pensó Lorenzo al ver su expresión.

—La próxima vez que beses a una mujer hazlo porque te gusta, porque quieres. ¡Porque no puedes evitarlo!

—¿Por qué no me dices por qué estás tan enfadada?

—Estoy muy enfadada contigo.

—Muy bien, dame una bofetada si así te sientes mejor. Venga, hazlo. ¿Por qué no lo haces?

Carly lo miró intensamente a los ojos y luego emitió una especie de gemido. No era exactamente una risa, pero sí algo parecido.

—¡Eres imposible!

—Y tú eres absolutamente razonable, ¿no? Venga,

Carly. Tengo una botella de champán abierta esperando que alguien se la beba. ¿Te interesa?

Carly vaciló un momento, pero luego asintió con la cabeza.

—Bueno, cuéntame qué planes tienes.

—Mi madre no quiere que vuelva a casa por ahora...

—¿Tu madre no quiere que vuelvas a casa? —repitió Lorenzo, incrédulo.

—No. Dice que es mejor que me quede en Londres hasta que las cosas se calmen un poco.

—¿Qué cosas?

—Están muy desilusionados por lo de la beca.

Lorenzo tuvo que morderse la lengua. ¿Qué clase de familia era la suya? ¿Solo podía volver a casa con un premio en la mano?

—La verdad, me ha dolido mucho —le confesó Carly.

Él le levantó la barbilla con un dedo para mirarla a los ojos.

—¿Y qué vamos a hacer?

—¿*Vamos*?

—Yo tampoco quiero estar solo en Navidad...

Era lo último que deseaba, pero Carly se puso a llorar. Y eran lágrimas de humillación.

—No tienes que hacer de padre conmigo.

—¿De padre? ¿Yo?

—Ya sabes lo que quiero decir.

—No, la verdad es que no lo sé. Y no *tengo* que hacer nada; yo hago lo que me apetece.

Lorenzo podía hacer lo que quisiera, pensó Carly. Pero ella no quería la compasión de nadie y no sabía durante cuánto tiempo podría fingir que besarse era divertido, que acostarse juntos era divertido... cuando había tanto amor dentro de ella.

Capítulo 13

HE TOMADO una decisión, Lorenzo. Quiero estar sola unos días. Tengo que pensar...

–Llevas haciendo eso toda tu vida, ¿no? Tú eres fuerte, Carly. ¿Por qué no quieres aceptarlo?

–Admito que soy decidida y que tengo ambición, pero siempre he tomado la dirección que otra persona me señalaba. Lo que quiero es decidir yo misma lo que voy a hacer...

–¿Estás pensando en dejar el Derecho?

–Aún no he tomado una decisión. Pensaba que quería la beca y que eso sería un logro, pero me equivocaba. Ahora necesito un nuevo objetivo.

–¿Y tu felicidad? ¿Has pensado en ella alguna vez? A tus padres se les pasará el disgusto...

–Tú no los conoces.

Y, la verdad, a Lorenzo no le apetecía nada conocerlos.

–Has hecho muchas cosas para que se sientan orgullosos de ti.

–Entiendo que estén decepcionados. Me han ayudado mucho y tenían derecho...

–Los padres no tienen derecho a decirles a sus hijos lo que deben hacer –la interrumpió Lorenzo–. Su deber es quererlos y equiparlos para la vida lo mejor posible.

–Esa es tu forma de pensar, Lorenzo, no la mía.

–Pero es tu vida...

–Ahora mismo no sé lo que quiero, así que por favor...

–Yo no voy a detenerte. Pero si me necesitas, ya sabes dónde estoy.

Lorenzo se dio cuenta de que Carly estaba sorprendida y dolida. Su intención había sido dejarle un poco de espacio, pero quizá espacio no era lo que necesitaba.

–Que disfrutes de tu cena –murmuró Carly, saliendo del ático.

Cuando Carly desapareció se sintió más solo que nunca. Y no pensaba dejarla escapar. De modo que agarró la chaqueta y fue tras ella.

En cuanto abrió la puerta supo que había estado llorando.

–Ve a lavarte la cara. Vamos a cenar fuera.

–Pero...

–No quiero discutir, Carly.

Lorenzo quería tomarla entre sus brazos. Parecía tan triste que haría lo que fuera para consolarla, pero se contuvo.

–¿Dónde vamos?

—Es una sorpresa.

—Pero es Nochebuena —le recordó Carly—. Todos los restaurantes estarán llenos de gente.

—Confía en mí.

Ella lo miró, irónica.

—Será mejor que me digas si voy vestida para la ocasión.

Si llevase un saco atado con cuerdas a él le seguiría pareciendo preciosa.

—¿Sin comentarios? —sonrió Carly.

El jersey azul claro contrastaba con su piel blanca dándole un aspecto etéreo. Lorenzo solo hizo una sugerencia:

—Déjate el pelo suelto.

Levantó una mano para quitarle el pasador de carey y la melena roja cayó por su espalda.

—Perfecto. ¿Tienes un buen abrigo?

—¿Tiene que ser de una marca especial?

—No voy a darte pistas. Eres una chica inteligente, decídelo tú.

La sonrisa de Carly era la única recompensa que esperaba.

Carly se puso pálida al darse cuenta de que iban al aeropuerto.

—Pero a mí me da miedo volar...

—¿Confías en mí?

Carly tragó saliva mirando el pequeño avión.

—¿No me digas que tú eres el piloto?

–A menos que quieras pilotarlo tú...

–¡No! Yo solo...

–Lo que vas a hacer es sentarte en un sillón muy cómodo leyendo unas revistas mientras bebes champán y tomas unos sándwiches.

–¿Ah, sí?

–Sí.

–¿Será un viaje largo y aterrador?

–No, un viaje muy corto –sonrió Lorenzo, ayudándola a subir la escalerilla–. Y ahora, si me perdonas, tengo que pilotar un avión...

Lorenzo debía de llevarla a Italia, pensó Carly. Sabía que tenía familia allí. O quizá la llevaba a esquiar. Pero si era así, ¿por qué no le había dicho que llevase ropa de abrigo?

En fin, no tenía sentido darle vueltas, pensó mientras se abrochaba el cinturón de seguridad. Tenía que aceptar que iban a alguna parte...

¿Y que ya iban a aterrizar?

Entonces, el destino no era Italia. ¿Dónde estaban?

Carly miró por la ventanilla, pero una pista de aterrizaje era igual que cualquier otra.

–¿Has disfrutado del vuelo? –le preguntó Lorenzo, saliendo de la cabina–. Ya te dije que sería muy corto.

–¿Dónde estamos?

–Es una sorpresa.

Cuando salieron del avión y la lluvia golpeó su cara, Carly vio el cartel.

–Te dije que sería una sorpresa, ¿no?

Sí, pero no una sorpresa agradable, pensó ella.

Tomándola del brazo, Lorenzo corrió por la pista hasta la limusina que los esperaba.

–Te llevo a tu casa –dijo, como si eso fuera a darle una gran alegría–. Las familias deben reunirse en Navidad. Es un momento para la reconciliación, para el cariño...

Era un pueblo pequeño en medio de ninguna parte. Lorenzo no sabía bien qué había esperado, pero no era aquello. Cuando Carly hablaba de su pueblo él se imaginaba un bonito lugar en medio de la campiña inglesa, pero... no era eso en absoluto. Era lógico que hubiese querido escapar. Lo raro era que alguien hubiera querido instalarse allí.

Carly se había quedado muy callada. Quizá aquel viaje había sido un terrible error.

Cuando la limusina se detuvo, Lorenzo la ayudó a salir. Había contratado un conductor porque quería sentarse con ella, pero Carly había puesto un kilómetro de distancia entre los dos. Volvía a su casa... ¿no debería ser eso ocasión para mostrarse feliz? Quizá la respuesta que estaba buscando estaba en su silencio.

Lorenzo se colocó a su lado mientras Carly llamaba al timbre. Le habría gustado decirle que todo iba a salir bien, que él estaba a su lado, pero de repente ni siquiera él estaba seguro. Para empezar, dependía de Carly lo que quisiera contarles a sus padres sobre ellos dos.

Una mujer delgadísima con expresión agria abrió la puerta.

—¡Mamá!

La emoción de la voz de Carly contrastaba con la expresión amarga de la mujer.

—Señora Tate —dijo Lorenzo, ofreciéndole su mano. Su esperanza era que Carly no viera el gesto de su madre, pero estaba claro que no le había pasado desapercibido.

—Te presento a Lorenzo Domenico, mamá. Lorenzo Domenico, mi tutor.

—¿Y a qué debemos este honor?

—¿Podemos pasar? —preguntó ella, al ver que su madre no se apartaba.

—Sí, claro. ¿A qué esperas?

Esperaba una bienvenida, pensó Lorenzo.

El salón se hallaba sorprendentemente limpio y ordenado. Y el hombre que estaba sentado frente al televisor apenas levantó la mirada.

—¿Señor Tate? —fue un alivio ver que levantaba la cabeza y aún más verlo sonreír.

—¡Carly!

—Hola, papá.

Cuando se abrazaron, el frío ambiente pareció caldearse un poco.

–Has engordado, Carly –dijo su madre–. Tienes que cuidar tu peso.

Ella se puso colorada y su padre volvió dócilmente al sillón.

–Mi otra hija volverá pronto.

Lorenzo se dio cuenta de que la señora Tate se dirigía a él y parecía esperar que esa información lo emocionase.

–Se llama Olivia –añadió, como si la noticia del regreso de su otra hija fuera una bomba–. La hermana guapa –añadió, por si acaso.

–¿Ah, sí? Pues entonces debe de ser guapísima.

Justo en ese momento Olivia apareció, desprendiendo un perfume infantil.

–¡Carly! –exclamó, abrazándose a su hermana como si no hubiera nadie más en el mundo y dando saltos por el salón. Ninguna de las dos hizo caso de su madre, que las regañaba porque podían romper algo.

Por lo que Lorenzo podía ver, ya había más de un corazón roto en aquella habitación.

–Carly, ven conmigo –dijo su madre entonces.

Había roto el abrazo de Carly y su padre y ahora hacía lo mismo con las dos hermanas. ¿Qué le pasaba a aquella mujer?

–¿Estás embarazada?

–¿Qué? ¡No! –exclamó Carly, atónita–. ¿Por qué me preguntas eso?

–No entiendo por qué si no vendrías a vernos con ese tutor tuyo.

–Lorenzo dijo que la Navidad era un momento para reunirse con la familia...

–Eso no te ha preocupado hasta ahora.

–Solo me he perdido unas Navidades porque estaba en India...

–Entonces, ¿estás embarazada o no? –la interrumpió su madre.

–No lo sé –contestó Carly, que había sido educada para decir siempre la verdad.

–Pues no pienses que un hombre como él se casará contigo. Si te ha dejado embarazada, no esperes nada. La amante de un hombre como ese tendría que ser...

–¿Guapa? –terminó Carly la frase por ella–. Porque las dos sabemos que no lo soy.

–No me culpes por tu amargura –replicó su madre–. Si estás embarazada, líbrate del niño.

–¿Qué?

–No te hagas la sorprendida. Tú siempre has sido la más práctica de la familia. Si hay un problema, también hay una solución... ¿no era eso lo que tú solías decirme?

Carly hizo una mueca. No sabía que su madre estuviera tan amargada. Quizá ya era tarde, pero tenía que intentarlo de nuevo.

–Ya sé que has tenido que dejar muchas cosas por mí...

–Sí, es verdad. Pero eso ha quedado atrás.

¿Había quedado atrás? ¿Quedaría atrás algún día? No, pensó Carly. Estaba con ellas en la cocina, como una fuerza maligna: cada céntimo que habían gastado en ella, cada vez que había dejado de ir a la peluquería para comprarle un libro de texto. Y Carly no se había dado cuenta.

—Si estuviera embarazada no querrías que abortase, ¿verdad?

—Eso es cosa tuya. De todas formas, nunca me has hecho caso —su madre se encogió de hombros—. Solo espero que no hagas el ridículo. Y será mejor que vuelvas al salón si tienes alguna esperanza de que ese hombre no se enamore de tu hermana.

Apretando los labios, Carly salió de la cocina. Tenía que hacer un esfuerzo sobrehumano para no llorar.

—Carly...

Lorenzo se levantó en cuanto ella entró en la habitación. Sabía que le había pasado algo, pero no se atrevía a preguntar. Su padre estaba viendo un partido de fútbol, su madre se había sentado en el sofá, con Olivia a su lado. Todos estaban en silencio.

Y, por primera vez en su vida, Carly no se atrevía a mirar a su hermana a los ojos. Tenía miedo. Aquella vez no era cuestión de dejarle el mejor juguete o el último bombón. Aquella vez Olivia representaba la amenaza de perder al hombre de su vida. Porque Livvie no solo era guapísima, sino encantadora. Y Carly tenía miedo de perderlo.

El protagonista de aquel drama estaba delante de ella, haciendo que el salón pareciese diminuto. A pesar de los malentendidos, Lorenzo era la única persona que le importaba. Él era la dirección que quería tomar; no se había dado cuenta hasta aquel momento. Y ya podría ser demasiado tarde.

Capítulo 14

CARLY está un poco abrumada por su vuelta a casa –dijo Lorenzo para explicar el silencio.

La tensión que siguió a esa frase de repente fue demasiado para ella, que salió corriendo escaleras arriba.

–¡Carly! Vamos a mi habitación –dijo Olivia, que la había seguido.

–Mi antigua habitación... –sonrió ella, mirando alrededor. Los colores lisos habían sido reemplazados por telas de flores y había visillos de encaje en las ventanas.

–Es un poco cursi para ti –sonrió Livvie–. Espero que no te moleste que ahora sea mi habitación. La mía era más pequeña. No te importa, ¿verdad?

–No, claro que no.

–He pensado que sería mejor dormir en la habitación grande, ya que parece que voy a tener que estar aquí de por vida –suspiró su hermana, dejándose caer sobre la cama.

–No tienes por qué vivir aquí si no quieres.

–Te echo mucho de menos, Carly.

–Y yo a ti.

–Bueno, cuéntame, ¿Lorenzo es alguien especial?

–Lorenzo es muy especial –se rio Carly–. Demasiado especial para mí.

–Nadie es demasiado para ti. ¿Y por qué iba a traerte hasta aquí si tú no fueras especial para él?

–Su buena acción de Navidad, supongo.

–Carly, ¿qué te pasa? Tú nunca has sido una cínica.

–Nunca he sido nada. A menos que cuente ser un ratón de biblioteca.

–¡Eso no es verdad! –exclamó Livvie–. Tú siempre has sido una hermana maravillosa para mí. Eres inteligente, leal, valiente. Y tuviste valor para escapar de aquí.

–Tú también tienes valor, somos hermanas. Hemos salido del mismo sitio.

–¿Del mismo útero amargo quieres decir?

–Livvie... no digas eso.

–¿Y qué voy a decir?

–Mamá nunca ha tenido suficiente. Nunca ha podido estar a la altura de sus amigos ricos y...

–¡Pues que se busque otros amigos! –exclamó Olivia.

Cuando las dos chicas volvieron al salón, Lorenzo estaba charlando con sus padres. Algo sorprendente porque su padre hablaba muy poco.

–¿Por qué no os quedáis a dormir? –sugirió su madre–. Nosotros celebramos el día de Navidad en el club de golf. Si llamo ahora seguro que nos reservarán dos sitios más.

Le brillaban los ojos ante la idea de presentar a Lorenzo Domenico a todos sus amigos.

–Es muy amable por su parte, señora Tate –dijo él–. Me encantaría, pero la verdad es que tenemos otros planes. ¿Estás lista, Carly?

¿Por qué había dudado de él? ¿Por qué había dudado de su hermana? Carly abrazó a Livvie con todas sus fuerzas.

–Ve a verme pronto.

–Lo haré.

Mientras volvían al aeropuerto, Carly se sentía avergonzada. Su casa era muy humilde en comparación con el ático de Lorenzo. Nunca había visto su casa con los ojos de otra persona... y nunca se había percatado de la tensión que había entre sus padres.

Lo más triste de todo era que recordaba un tiempo en el que fueron felices. Pero eso fue en el pasado y en ese momento era casi como un sueño.

Lorenzo iba callado pensando en la casa de los Tate. En muchos aspectos era mejor que la casa en la que él había crecido... pero no en lo importante. Su casa había estado llena de amor, de cariño. Carly había hecho bien marchándose de allí.

–Lorenzo, lo siento...

–¿Qué es lo que sientes?

–Yo diría que es obvio.

–Para mí no.

–No tienes que ser diplomático. Sé lo que intentabas hacer.

–¿Ah, sí? –sonrió él–. Pues yo creo que no tienes ni idea –dijo después, tomándola entre sus brazos para secar sus lágrimas con un dedo.

–Lorenzo, esto es fabuloso.

La había llevado a una maravillosa mansión de estilo georgiano en Cheshire. Era un hotel que había recibido muchos premios, descubrió Carly leyendo un folleto. El pueblo era precioso, como de postal, la mansión una maravilla y su habitación, una suite con salón y dormitorio, una delicia.

–Solo lo mejor para ti, *signorina*. Pero me parece que llevamos demasiada ropa –sonrió Lorenzo.

–Estoy absolutamente de acuerdo.

–Por cierto, ¿has leído mi carta?

–¿Tu carta? Ah, no, no he tenido tiempo de leerla, pero la llevo aquí, en el bolso.

–Me alegro, porque quiero que la leas.

–¿Ahora mismo?

–Ahora mismo.

Carly sacó el sobre del bolso con manos temblorosas. Su mirada, entrenada para leer concienzudamente cada frase, para no perderse nada, fue directamente hasta el final del folio, donde estaban escritas las dos palabras más importantes del mundo: *Te quiero*.

Ella lo miró, incrédula. Y luego, volviendo al principio de la carta, la leyó de arriba abajo. Cuando terminó la apretó contra su corazón... y luego volvió a leerla. Temía que las palabras hubieran cambiado, que todo hubiera sido cosa de su imaginación. Pero allí estaban: *Te quiero. Lorenzo*.

¿Lorenzo la quería? ¿Estaba enamorado de ella?

—Lo siento mucho —musitó—. Si lo hubiera sabido...

—¿Vas a decirme lo que piensas o no?

—Yo también te quiero, Lorenzo. Más que a nada en el mundo.

—¿Y no estás dolida por lo de la beca?

—¿La beca? No, no...

Lorenzo había dimitido del tribunal, pero iba a continuar su carrera en Londres como abogado. Y le pedía que se quedara con él, decidiera lo que decidiera hacer con su vida. También le pedía que pensara en el futuro y que no se apresurase a tomar una decisión.

—Qué tonta he sido. Si hubiera leído esto antes de la entrevista, me habría ahorrado muchos problemas.

—¿Y el futuro? ¿Has pensado en ello?

Sí, Carly tenía una idea sobre lo que quería hacer con su vida, pero cada vez que lo pensaba en su mente aparecía el rostro de su madre.

—Yo creo...

—¿Qué?

—Me parece que ahora mismo no quiero pensar en eso —contestó Carly, sentándose a su lado en la cama.

—Pues yo quiero que lo pienses. Y quiero que compartas esos pensamientos conmigo. Lo único que deseo es que seas feliz, Carly. Y tú solo eres feliz cuando tienes un objetivo.

Ella sabía lo que quería hacer, pero también sabía que le sonaría ridículo si lo dijera en voz alta.

—Te quiero y eso es suficiente.

—¿De verdad? El amor es algo más que palabras, Carly. Es compromiso, lealtad. No tendrás energía para eso si te aburres. Y, conociéndote, sé que te aburrirás si no tienes nada que hacer. Mira tu hermana... ¿no crees que está deseando hacer algo?

—Sí, desde luego. Pero no sé si tendré confianza para probar otra cosa. Llevo tantos años estudiando Derecho...

—Si el pasado te mantiene atada, lo mejor es cortar con él. Aprende del pasado y luego haz algo completamente diferente, algo que te haga feliz de verdad —Lorenzo se quedó en silencio un momento—. ¿Estás lista para compartir conmigo una copa de champán?

Era una pregunta cargada de significado y todo dependía de su respuesta.

Capítulo 15

CARLY pidió queso de cabra con salsa de naranja, seguido de pez espada con *coulis* de tomate fresco, mientras Lorenzo prefería pastel de pescado al estilo tailandés seguido de atún con crema fresca de pepinos. Y luego, una *fondue* de chocolate.

–Y champán –le recordó Carly.

–¿Estás segura?

–No he estado más segura de nada en toda mi vida.

Lorenzo llamó por teléfono al servicio de habitaciones y luego la tomó entre sus brazos.

–Esto es todo lo que quiero, todo lo que necesito... tú.

Después de cenar hicieron el amor. Cada vez que lo hacían era una revelación, pensaba Carly medio dormida entre sus brazos. Después de hacer el amor se habían duchado juntos; luego habían vuelto a hacer el amor y en ese momento estaban durmiendo uno en brazos del otro.

Lo amaba, pensó. Amaba su cuerpo y su mente. Sentir su piel desnuda era algo adictivo; sus poderosos músculos, su autocontrol, el roce de su barba... Mirándolo, tuvo que admitir que era más bello de lo que había imaginado cuando lo conoció. Perfectamente proporcionado, era como el acero, en contraste con sus suaves curvas. Unas curvas que, por primera vez en su vida, le parecían atractivas.

Cuando presionó los labios sobre su pecho pudo sentir los latidos de su corazón, firmes y fuertes. Él era su ancla, su puerto en medio de la tormenta...

Carly no sabía cuánto tiempo había estado dormida, pero cuando se despertó encontró a Lorenzo apoyado en un codo, mirándola.

—¿Qué haces?

—Me gusta mirarte cuando estás dormida.

—No sé cómo puedes estar despierto cuando yo estoy agotada. ¿De dónde sacas tanta energía?

—Tú eres mi inspiración —bromeó él.

Pero había un brillo en sus ojos que no había visto antes.

—¿En qué piensas, Lorenzo?

—Te oí hablando con tu madre en la cocina. Tengo muy buen oído y mucha práctica hablando mientras escucho. Y oí que te preguntaba si estabas embarazada.

—Pues no lo estoy.

—¿Estás segura?

Habían hecho el amor sin protección, de modo que no, no estaba segura.

–¿Te llevarías un disgusto si no estuvieras embarazada? –le preguntó luego.

Carly no quería tener hijos. Lo único que había querido antes de conocer a Lorenzo era conseguir una beca. Lo único que su madre había querido para ella era que consiguiera una beca, se corrigió Carly. Y, sin embargo...

–Sí, me llevaría un disgusto.

–No se puede tener todo en la vida. Lo sabes, ¿no? Una carrera, una familia...

Carly apretó los labios. No se atrevía a soñar que Lorenzo quisiera formar una familia con ella.

–Sí, pero como no estoy embarazada...

–Eso podemos arreglarlo.

–Lorenzo...

–¿Te apetece intentarlo?

–Sí –contestó Carly, con una sonrisa en los labios.

–Feliz Navidad, cariño.

Carly tuvo que echar mano de toda su energía para abrir un ojo. Pero al hacerlo comprobó que Lorenzo estaba afeitado, vestido y dispuesto a marcharse del hotel.

–Nos vamos en media hora. Así que será mejor que te levantes.

–¿Tengo que hacerlo?

–Desgraciadamente, sí.

—Feliz Navidad, cielo —sonrió Carly, apoyándose en un codo.

Lorenzo se acercó para besarla y ella le echó los brazos al cuello. Pero dejó escapar un gemido de desilusión cuando la levantó de la cama para llevarla al baño.

—Menos mal que uno de los dos sabe controlarse.

—Pues anoche no parecías capaz de hacerlo.

—Porque eres una bruja. Venga, vamos, a la ducha.

Carly se quedó apoyada en la puerta un momento. ¿Y si su madre tenía razón? ¿Y si Lorenzo solo quería pasarlo bien con ella? No, eso no podía ser. La quería, estaba segura.

—¿Por qué no te vienes a vivir conmigo? —le preguntó Lorenzo cuando llegaron a su casa.

—¿Lo dices en serio? —exclamó Carly.

—¿Por qué no? ¿Para qué vas a conservar una habitación en casa de Louisa cuando vas a estar aquí, conmigo?

Lo decía como si tuvieran un proyecto de vida en común. Pero quizá era un proyecto para él, algo que haría con la eficiencia con la que lo hacía todo... antes de terminarlo y desaparecer. A Carly se le encogió el corazón.

—¿Quieres decir como... un arreglo temporal?

—Carly... —Lorenzo sonrió. Tenía los pulgares

metidos en las trabillas del pantalón, con los dedos apuntando hacia un bulto enorme que la hizo olvidarse de todo.

Mientras se quitaban la ropa no pudo dejar de fijarse en sus calcetines, con un estampado de conejitos.

—¿Son proféticos? —le preguntó, burlona.

—¿Tú qué crees?

—Que será mejor que me lo demuestres.

—Encantado —sonrió Lorenzo.

Hicieron el amor durante horas y luego tardaron una eternidad en salir del baño. Lorenzo tuvo que llevar a Carly en brazos porque el albornoz era demasiado grande para ella. Tuvo que llevarla en brazos de todas maneras porque quería hacerlo.

—Venga, vamos a abrir los regalos. Pero si no nos damos prisa perderemos la reserva.

—¿Qué reserva?

—Un amigo mío tiene un restaurante. Hoy está abierto y nos ha reservado una mesa.

—Veo que tenías claro que iba a quedarme.

—Deberías saber que yo siempre hago planes a corto y largo plazo —sonrió Lorenzo—. Y nunca lo había dudado, no.

Carly tragó saliva cuando vio las bolsas que Lorenzo había escondido detrás del sofá.

—¡Todo eso no puede ser para mí!

—¿Cómo que no? Estuve toda una tarde comprando...

—¿En serio?

—Con una experta. Ella me dijo lo que estaba de moda.

Carly soltó una carcajada.

—¿Por dónde empiezo?

—Por la ropa interior. Eso es lo normal, ¿no?

Había conjuntos de encaje, de seda y de... oh.

—Para cuando te sientas... muy atrevida —se rio Lorenzo.

También había un vestido de cachemir en tono caramelo y unas botas de ante del mismo color. Los tacones podrían ser descritos como extremadamente perversos.

—¡Son preciosas!

—Y aquí hay un abrigo —sonrió Lorenzo, tomando otra de las bolsas.

—No deberías haberme comprado todo esto. Debe de haberte costado una fortuna.

—No, qué va. Por cierto, ¿puedo abrir mi regalo ahora?

Lorenzo había sacado el paquetito del buzón y lo había dejado sobre la mesa.

—No es nada comparado con todo esto...

—Si lo has elegido tú me gustará, seguro —él se inclinó para besarla en los labios.

La amaba. Carly jamás se acostumbraría a la idea.

Lorenzo rasgó el papel de regalo y se quedó mirándolo, sorprendido.

–¿Cómo lo has sabido? ¿Cómo sabías que Frank Frazetta era uno de mis artistas favoritos?

Frank Frazetta era un famoso ilustrador estadounidense que dibujaba héroes y batallas fantásticas. Y Carly había pensado que Lorenzo podría ser uno de esos héroes.

–Por intuición, supongo.

–Es un regalo estupendo –murmuró Lorenzo.

Pero era más que eso para él, se dio cuenta mientras la miraba a los ojos. Carly se había metido en su alma y había sacado algo de allí. Algo que no volvería a recuperar nunca. Ni quería hacerlo.

–¿De verdad te gusta?

–No tienes ni idea de lo que este libro significa para mí.

–Bueno, ¿cuándo vas a contarme qué piensas hacer con tu vida? –le preguntó Lorenzo mientras estaban vistiéndose.

–Voy a dedicarme a... organizar fiestas.

No «me gustaría» o «me apetecería». No. «Voy a dedicarme a organizar fiestas». Por una vez en su vida, Lorenzo no pudo ocultar sus sentimientos.

–¡Carly, qué buena noticia! –exclamó, tomándola en sus brazos.

—¿De verdad? ¿No te parece una tontería?

—¿Por qué? Me parece una idea estupenda.

—¿Lo dices en serio?

—Yo siempre hablo en serio, jovencita. Venga, date prisa o llegaremos tarde al restaurante.

Riendo, Carly se prometió a sí misma que lucharía contra todos sus demonios. Lucharía hasta que no quedase ni una sola sombra.

Lorenzo pidió champán.

—Tenemos que tomar una copa con el protagonista del día —se rio, señalando a un hombre vestido de Santa Claus que iba de mesa en mesa—. Espero que te guste el regalo.

Carly había visto a otras mujeres abriendo los regalos del anciano barbudo y siempre era una orquídea. Los regalos que recibían los hombres parecían diminutas cafeteras, algo que seguramente encantaría a Lorenzo.

—Pero el mío es diferente a los demás —advirtió Carly cuando Santa Claus llegó a su mesa.

—Tre me regala siempre algo divertido. Somos amigos desde hace muchísimos años —explicó Lorenzo.

—¿Y por qué iba a comprarme Tre un regalo si no nos conocemos?

—¿He dicho yo que te lo hubiera comprado Tre?

—Sí... no, no lo has dicho —sonrió Carly.

—Ah, menos mal. Por un momento he pensado

que tantos años estudiando Derecho no habían servido de nada.

—¿Puedo abrirlo?

—Primero yo —dijo Lorenzo, sacando unos calcetines con cascabeles.

—Ah, ahora por lo menos sabré cuándo te acercas —se rio Carly.

—¿Por qué no abres el tuyo?

Ella rasgó el papel. Dentro había una cajita azul.

—¿Qué es?

—Ábrela.

Quizá era un regalo de broma... tenía que serlo.

Carly se sorprendió cuando vio que dentro de la cajita había otra forrada de terciopelo. Y cuando la abrió, se quedó sin habla. Porque dentro había un anillo de diamantes.

—¿Es de verdad?

—No, es de cristal. Lo encontré dentro de un bote de caramelos —se rio Lorenzo.

—¿Es para mí?

—A ver, deja que lo piense... No, no te lo mereces. Has sido muy mala estos últimos días...

—¡Lorenzo!

—Carly —sonrió él—. Para ser una chica tan inteligente tienes muy poca confianza en ti misma. ¿Por qué no puedes aceptar que te quiero y que deseo estar contigo para siempre? Quiero casarme contigo, cariño. Y quería comprarte un anillo de compromiso.

—¿Estás seguro de que es para mí?

—A menos que tengas una amiga invisible...
Venga, dame el anillo. Me sorprende que no hayas
identificado la caja de Tiffany.

—¿La caja de Tiffany?

Lorenzo dejó escapar un suspiro.

—Veo que tenemos mucho que aprender —se rio,
mientras le ponía el anillo en el dedo—. Te queda
perfecto.

—No sé qué decir —murmuró Carly.

—Di que me quieres. Di que te casarás conmigo.

—Lo dices en serio, ¿verdad?

Lorenzo le apretó la mano.

—¿Es que no sabes cuánto te quiero? ¿No sabes
cuánto deseo casarme contigo? ¿No sabes cómo
deseo tener hijos contigo, Carly? Pensé que lo había dejado claro, pero parece que voy a tener que
convencerte...

—Me casaré contigo, Lorenzo —lo interrumpió
ella.

—¿Estás bien? —le preguntó él al ver que parecía
inclinarse un poco en la silla.

—Sí, sí, es la impresión. Me he mareado un poco...

—¿Puedes describir la sensación exactamente?

—Por favor, que no estamos en un tribunal...

—Mi madre se mareaba cada vez que se quedaba embarazada de alguno de nosotros.

—Lorenzo, por favor, esto no es lo mismo.

—¿Por qué estás tan segura?

Carly lo miró a él y luego miró el anillo.

—Porque cualquiera se desmayaría después de ver este pedazo de diamante.

—Venga, Carly. Ninguna mujer se desmayaría ante el tamaño de un diamante... a menos que fuese diminuto, claro.

Epílogo

PASARON unas semanas hasta que Lorenzo tuvo la oportunidad de decir «ya te lo advertí». Y nueve meses antes de que naciera su preciosa hija, Adriana.

Lorenzo llevó a las dos mujeres de su vida a la casa de campo que habían comprado cuando Carly se quedó embarazada. La mansión se parecía al hotel de Cheshire en el que habían estado juntos después de visitar a sus padres... donde casi con toda seguridad la niña había sido concebida.

Pero sus padres aún no la conocían. Ni siquiera fueron a su boda.

—Mi madre no vendrá nunca. No me ha perdonado por abandonar el Derecho.

—Eso ya lo veremos.

¿Cuándo había dejado él que algo tan pequeño como una suegra le amargase la vida?

—¿Quién dijo que tu madre nunca iba a venir?

Carly no podía creerlo cuando vio que sus padres bajaban del coche.

—Y traen regalos —sonrió Lorenzo.

—Mi madre parece perdida —murmuró Carly.

Su padre y su hermana corrían hacia la casa mientras su madre se quedaba donde estaba, admirando la fachada de la mansión.

—Está perdida —sonrió Lorenzo—. Ahora ya no está en su reino, sino en el tuyo.

—Tengo que ir a buscarla...

—Tranquilízate. No la asustes.

—¿Yo? ¿Asustar yo a mi madre? —se rio Carly.

—Recuerda que ahora todo se ha dado la vuelta, señora Domenico. Sé amable con ella, eso es todo lo que te pido.

—Sabes que yo siempre soy amable.

—Sí, lo sé. Por eso te quiero.

—Yo también te quiero a ti...

Después de abrazar a su padre y a su hermana, Carly esperó a que su madre entrase en la casa. No la besó, por supuesto.

—Es muy bonita, Carly. Veo que te va muy bien.

—Pues sí... gracias.

—Te he traído un regalo.

—¿Ah, sí?

—Solo es un edredón para la cuna de la niña.

—Es precioso. Muchas gracias.

—Lo eligió tu padre. Y también hemos traído un regalo para Lorenzo. Pero lo elegí yo. Vamos, ábrelo.

Lorenzo abrió el paquete y Carly soltó una carcajada. Eran calcetines. Calcetines grises.

–Son muy bonitos –dijo Carly.

–No me interesa si te gustan a ti o no. Lo que quiero saber es si le gustan a Lorenzo.

Ella tuvo que apretar los labios. La amargura de su madre no había desaparecido. Aunque eso ya no era tan importante. Ahora ella misma era madre y lo único que le importaba era Adriana.

–Me gustan mucho, señora Tate –dijo Lorenzo, con los dientes apretados.

Su madre se volvió entonces hacia Olivia con gesto de desaprobación... por primera vez en la vida.

–Sujeta bien la cabeza de la niña. ¿Me has oído, Olivia?

–Claro que te he oído. ¿No te parece preciosa?

–Lo que me parece increíble es que Carly se haya casado antes que tú. Será mejor que te des prisa, Olivia. Ya no eres tan joven.

–Está tomándose su tiempo para elegir al mejor, ¿verdad? –sonrió Carly.

–Eso espero.

Cuando su madre tomó a la niña en brazos su expresión pareció suavizarse.

–Una nueva vida, un nuevo principio –murmuró.

–Esperemos que sea así –replicó su padre con expresión seria–. Bueno, Lorenzo, creo que lo mejor será que dejemos solas a las señoras.

Lorenzo miró a Carly como diciendo que aquella división de sexos no era cosa suya. Pero si eso hacía feliz a su padre...

–Ahora te toca a ti, Olivia –sonrió ella–. Bueno, eso si quieres tener un niño.

–Antes tendría que encontrar un hombre, ¿no? –se rio su hermana.

–Buena idea –asintió Carly.

Esa noche, cuando se quedaron solos, Lorenzo abrazó a su mujer.

–Hoy has hecho un milagro, Carly.

–¿Yo? El milagro lo has hecho tú. No sé cómo has convencido a mis padres para que vinieran.

–El milagro es Adriana, supongo.

–Sobre eso no pienso discutir.

Lorenzo buscó sus labios mientras metía la mano bajo su blusa.

–Tienes unos pechos enormes. Me encantan –murmuró, señalando la cama–. ¿Vamos?

–Solo si te quitas los calcetines.

–No sé si voy a poder esperar tanto.

Pero se quitó los calcetines... se quitaron toda la ropa.

–Antes no nos daba tiempo –se rio Carly–. ¿Crees que la pasión empieza a desaparecer?

Tomando su mano, Lorenzo la puso sobre la prueba de que no era así.

–¿Tú qué crees?

–Creo que necesito que me lo recuerdes de vez en cuando.

–Te quiero, Carly Tate.

–Carly Domenico –lo corrigió ella.

Más tarde, mucho más tarde, Lorenzo le habló de sus planes para las vacaciones.

–He alquilado una isla durante un mes...

–Sí, seguro.

–No, lo digo en serio. Voy a llevar a mi mujer y a mi niña a una isla del Caribe.

–¡Una isla del Caribe!

–Allí, mi preciosa esposa podrá tumbarse al sol durante todo el día... para soñar conmigo.

Carly soltó una carcajada.

–Eres imposible.

–Eso ya lo establecimos hace tiempo –murmuró Lorenzo, buscando sus labios–. Y, por supuesto, necesitará ropa nueva para este viaje. Bikinis, por ejemplo.

–Pero estoy gorda...

–Carly, no has estado más bonita en toda tu vida –dijo Lorenzo mirándola a los ojos.

–Eres el hombre más maravilloso del mundo. Y el más generoso. Pero yo tengo que comprarte algo también. ¿Qué te gustaría?

–¿No es evidente?

–No –dijo Carly.

–¿Qué tal unos calcetines? –se rio Lorenzo.

Bianca

¿Una reina por conveniencia?

No cabía la menor duda de que su matrimonio era por conveniencia y por necesidades políticas, pero la bella y tímida Aziza El Afarim tenía la esperanza de que su marido, el chico al que había idealizado, recordase la conexión que había habido entre ambos de niños.

Pero el jeque Nabil Al Sharifa no se parecía en nada al chico que había sido. Las pérdidas sufridas y el peso del poder lo habían cambiado hasta hacerlo irreconocible. El niño amable y cariñoso se había convertido en un adulto despiadado al que solo le importaba la pasión. Iba a dárselo todo a Aziza, menos su amor.

Pero mientras la presión para dar un heredero al trono aumentaba, ¿podría haber algo más que obligación en el lecho matrimonial?

ENAMORADA DESDE SIEMPRE
KATE WALKER